三百零五个好『蛋』

刘克定 ◎ 著

上海三联书店

目 录

枣 花 吟

在我的印象里，枣花的香气是最好闻的，清香，带一点甜甜的气味。

到开花的时候，那满树的花香，很远就能闻到，常有一些老人被这香气吸引，带着凳子坐到树下闲聊。快结枣子的时候，花落了，无数黄绿色芳香袭人的花瓣，经簌簌的风一吹，纷纷扬扬落下来，撒在人们的发上、肩上，那情景，就像苏轼词里所描写的一样，"簌簌衣巾落枣花"。

枣花的每一朵都是要结果的，从不开谎花。团团簇簇的枣儿，由青转红，挂满枝头。果实虽小，为人们所看重，能入药，能充饥，能做各种佳肴，是很受欢迎的水果。

　　后来，我才知道，不但我喜欢枣儿，连皇帝老子也喜欢。有一年到江西开会，很出乎意料，在一座古衙门参观时，看到了枣树，这些栽在天井里的枣树。虽然饱经风霜，仍然青枝绿叶，虬蟠特立，生机盎然。大抵还不到开花的时候，枝头尚未著花。我惊喜之余，在枣树前驻足良久。

　　建于唐武德四年的这座古衙，被称作"江南第一衙"，保存比较完好。因年代久远，屋宇已几经修饰。据浮梁的老百姓说：这些枣树是皇帝让栽的，皇帝的意思，据说是因为县令这个官太小，有的人寒窗苦读，为的是当大官，不想当小官，所以皇帝就要求官员在衙门的庭院里栽上枣树。以警示官员：枣花虽小，每一朵花都是要结果实的，并且粒粒香甜，希望官员学习枣树，不要嫌官小，也不要把官位看得太重，要紧的是能不能脚踏实地，干点实事，开花结果。

　　听这么一说，枣花在我的心里更加有了分量，在官位高低上，斤斤计较者确是不少，用枣树来做一面镜子，真是再好再恰当不过了！据说当时很多衙门里都曾栽过枣树，只是年代沧桑，没能保留下来，浮梁县衙的枣树，福寿绵绵，亭亭玉立，坚持守望，香飘至今，令人仰止！

湘赣地区自古政治经济发达，行政区划明确，官制健全，县有县衙，州有州府，各司其职。县衙是比较小的官府，县令也不过是个基层干部，所谓七品芝麻官。

历史上记载，浮梁县虽小，政声却很好，出过好几位清官，留下了好口碑。如清代的饶绍德、黄木等，在《池北偶谈》、《感应类钞》中均有记载。仅从衙门里保存的一些对联亦可见一斑："得一官不荣，失一官不辱，勿说一官无用，地方全靠一官；吃百姓之饭，穿百姓之衣，莫道百姓可欺，自己也是百姓"。仔细品味，作为古代官员，有这样的认识水平，很值得钦敬。又如"负民即负国，何忍负之；欺人如欺天，毋自欺也"，"铁面无私丹心忠，做官最怕叨念功；操劳本是份内事，拒礼为开廉洁风"……都是勉励官员廉洁自律，视百姓为衣食父母，不贪，不懒。

中国是个农业大国，政治、经济、文化，基本上都属农，那时候知识分子唯一的发迹之途就是读书做官。在这条路上，走出了许多忧国忧民的有识之士，产生了许多好官，这是历史的真实。久之便形成了具有中国特色的官文化。这些对联所包含的内容，和一些文学作品一样，带有浓厚的传统官文化的色彩。如"若非一番寒彻骨，怎得梅花扑鼻香"，"一朝名登龙虎榜，十年身到凤凰池"，"嗜好深则天机浅，名利集则纯白离"、"一心可以事百君，百心不可事一君"……总的基调是做官要为国为民效力，清正廉明，有所作为，多干实事。

而唐宋选才，又很严格，有四条杠杠："一曰身，体貌丰伟；二曰言，言辞辨正；三曰书，楷法遒美；四曰判，文理优长。四事皆可取，则先德行。德均以才，才均以劳。得者为留，不得者放。盖凡进士登第及诸科出身，皆以此铨择。"（吴讷《文章辨体序说》）也还是讲德、才、绩兼备，甚至相貌、写字、谈吐都很注重，层层铨择。大体上讲，想轻易捞个一官半职，并不太容易。当然，也有一无所能，用银子买到官位的。所谓贪官污吏，是不能指望严格的选官制度和厚重的文化积淀可以杜绝的，这是历史的规律。"一变蝎子就蜇人"，我想这与为官者的人品官德太坏有关，与他们的办公处所——衙门，与古老的官文化，似乎并无必然联系。

只有植根于群众，心系百姓疾苦，脚跟才牢，腰板才硬，才能像枣树一样，花虽小，也能结出香甜的果实。我想，不管大官小官，芝麻官绿豆官，都应该像枣花一样，尽心竭力，释放生命的热能。

袁隆平的梦

　　被誉为"杂交水稻之父"的袁隆平，在三亚试验基地曾做过一个梦：梦中杂交水稻的茎秆像高粱一样高，穗子像扫帚一样大，稻谷像葡萄一样结得一串串，他和他的助手们一块在稻田里散步，在水稻下面乘凉。

　　这是多么美妙的梦境！多么美好的憧憬！使人们不能不为一位水稻科学家对事业的如醉如痴，梦魂牵绕，发出由衷的赞叹！

　　袁隆平投身杂交水稻研究，一干就是几十年。他说，搞这个研究工作，是很苦的，头上有太阳晒，脚下是泥和水，但是在这里有希望，有目标，有成果，所以只感到快乐。几十年来，除了出席必要的场合，他基本上是默默无闻，孜孜不倦地从事他的研究。衣着简朴，饮食清淡，闲时拉拉小提琴自娱。

他的快乐，他的充实，来自他所执著的事业。而这种对事业的执著，又来自他对国家和民族的责任感。他认为，粮食在国家和人民心中的重要地位，是无可替代的，因此他的事业是神圣的，百折不挠的。世界杰出的农业经济学家唐·帕尔伯格在他的名著《走向丰衣足食的世界》书中说："袁隆平为中国赢得了宝贵的时间，他增产的粮食实质上降低了人口增长率。他在农业科学的成就击败了饥饿的威胁。他正引导我们走向一个丰衣足食的世界。"

他总结自己一不怕失败，搞研究是难免失败的，怕失败就不要搞研究；二是淡泊名利，人活在世上，要高尚一点，思想境界要高一点，不要斤斤计较名利得失，过于计较，一旦得不到就很不痛快，甚至搞学术腐败，不负责任地发表与自己专业无关的言论，上电视做广告；三是生活俭朴，身体要好。这是一位做学问的人的人生三昧，很值得玩味。

从本质上讲，这也是一种思维方式。做学问，要耐得住寂寞，有"咬定青山不放松"的气概，不趋时，不趋利，不赶时髦，不做"时尚才人"，不要把自己当"商品"。"郑之鄙人学为盖。三年而大旱，无所用，弃而为桔槔。三年而大雨，又无所用，则还为盖焉。未几，盗起，民尽戎服，鲜用盖者。欲学为兵，则老矣。"（刘基《郁离子》）不顾自己的实际情况，哪里钱多，就往哪里钻。搞文学专业的改行当律师，学遗传的去当会计，学考古的偏往仕途上挤……所谓"跳槽"，不注意"生态环境"，往往给自己出难题，结果像郑人一样，成了失败的典型。带来的是喜还是忧？假如做学问的人一味适应"市场需要"，想多出几个袁隆平这样的科学家，只能是一个良好的愿望而已。

除了跳出"市场"思维模式，选择自己的专业，也要根据自己的性情所近和能力所及，在这点上，胡适先生曾有一段话说得很好：他说，他已经六十二岁了，还不知道究竟学什么？都在东摸摸，西摸摸，"也许我以后还要学水利工程亦未可知，虽则我现在头发都白了，还是无所专长、一无所成。可是我一生很快乐"，因为他没有依市场经济的需要的标准去学时髦。"我服从了自己的个性，根据个人的兴趣所在去做。希望青年朋友们，接受我经验得来的这一个教训，不要问爸爸要你学什么，妈妈要你学什么，爱人要你学什么。要以自己性情所近，能力所能做的去学，这个标准很重要。"（《胡适口述自传》）

生态环境对种水稻很重要，古人概括为任地、辨土、审时，违背这些自然规律，就叶大实少，多秕厚糠，食之不香。做学问也是如此："强扭的瓜不甜"，也要看"天时"、"地利"，不能光盯着几个钱。从心理准备上讲，心猿意马难以达到彼岸，束腰禁欲，也不会爆出灵感的火花。袁隆平赞成这样一个公式：知识＋汗水＋灵感＋机遇＝成功。假如去掉"灵感"，就是"苦行僧"的哲学。灵感产生于快乐，产生于"性情所近，能力所及"的专心致志。——这是成功的关键。

人生倏忽，把生命的光束集中在这一点上，深入地学下去和做下去，心无旁骛，就会有所成就。人之伟大，也就在这些地方。不给自己出难题，人生才会快乐。色诺芬说得好：大黄牛心目中的上帝，也只是一头牛。

作为"杂交水稻之父"的袁隆平，他把理想、生命和爱付诸自己的事业，他的人生是快乐的，他的梦也是快乐的，温馨的。

　　现在，袁隆平获得共和国勋章，他的海稻米也试验成功，首创世界先例。但他依然一身稻花香，一身田泥巴，走在广阔的田野上。

踏 沙 行

——惠东三章

一

这座海滨小镇，叫惠东平海镇，属惠州，靠海。一边是南海，一边是东海。

"一自坡公谪南海，天下不敢小惠州"，当年坡公反对变法，得罪了人，卷入"乌台诗案"，坐牢一百多天，差点被杀头。后来被贬谪到惠州，两年多时间，与当地百姓交往很广，也留下了不少诗文。

唐宋时期，贬官很少无职守，总有一官半职挂在身上，便于管束，言行并不自由。再说南方瘴疠之地，谈不上医疗条件，不染病而死，已属万幸。东坡贬惠州谪居，"既无职守，复无拘箝，则真闲人也。"他也就自放于山水之间，写诗文抒发胸臆，抨击当朝。他的《六国论》，写得真是妙极："春秋之末，至于战国，诸侯卿相，皆争养士，自谋夫说客，谈天雕龙、坚白同异之流，下至击剑扛鼎、鸡鸣狗盗之徒，莫不宾礼。靡衣玉食，以馆于上者，何可胜数？"他分析招揽人才，礼贤下士，就是六国之所以不败的原因，而秦之所以速亡，也正是不会利用人才。在这个问题上，王安石的看法是不一样的，王安石的"夫鸡鸣狗盗之出其门，此士之所以不至也。"（《读孟尝君传》）意思是门下鸡鸣狗盗之徒多了，"士"也就不来了，看不起一技之长的人才。但对苏东坡这样的"士"，他却没有容纳。

我想，苏东坡谪居惠州，一定曾在海边沙滩漫步，海风振起他的衣襟，吹动他的胡须。小朋友唱着童谣："苏文熟，吃羊肉；苏文生，嚼菜根。"……

二

其实，惠州是个很秀美的地方。惠东的巽

寮、双月湾、虹海湾，大亚湾，紧临大海，是很美丽的度假胜地。一望无际的海洋，阵阵海涛的喧哗，是海的呼吸声，千万年了，就这样撼人心魄，一刻没有停息。

清晨起来，东海远远的天边，一抹红色、绛色与银灰色相间的云霞里，跳出一团火焰，把云霞一下子染成了金黄色。只见火球向上升腾着，燃烧着，几分钟后，现出了红润的圆脸，向着天空升腾了。海面上粼粼波光，一片金色，无边无际。我的心颤动了，以虔诚的敬意仰望它，迎接它，向它深深鞠躬，我的周身，因它而顿觉温暖起来。

沙滩是柔软的，一踩一个窝窝。沿着沙滩往前走，只要稍微留意，就会看到大海给我留下的礼物：五彩斑斓的贝壳，形状像喇叭的海螺，还有各种花纹的卵石，光溜溜的，玲珑剔透。我怀着欣喜，俯拾着，把这些"礼品"装进袋子，带回家里，放在玻璃缸内。有惠东人告诉我，加进海水，可以养起来。但以后会怎样？会长大吗？会变得更美丽吗？未知，他没有说，留给我谜一样的题，像佛陀的偈语。

三

是的，这些"礼品"，是海洋给我的思考题，让我从这些时光片段，领悟人生。这些圆润、玲珑的卵石，多少年以前，它也许是一尊巨大的礁石，昂首挺胸，但岁月的剥蚀，波涛的磨洗，才有今天小巧和圆润光滑，让人们叹赏大自然的鬼斧神工。

人们在生活的海洋里，不也是如此？年轻时锐不可当，奔放无羁，豪情万丈，及至暮年，就为人谨慎，甚至不苟言笑，当然也平添了几分稳健持重，思考周全，变得人情练达，世事洞明，——这不就是拜生活海洋漱洗之功？我不禁想起，那石头，就是我自己的写照。

而作为人学的文学，因为不同的历程，结局也不一样。

苏东坡说他的文章"如万斛泉源，不择地而出，在平地滔滔汩汩，虽一日千里无难。及其与山石曲折、随物赋形而不可知也。所可知者，常行于所当行，常止于不可不止，如是而已矣，其他虽吾亦不能知也。"

虽然曲折，却波澜壮阔。刘熙载说东坡诗文打通后壁说话，其精微超旷，真足以开拓心胸，推倒豪杰。是啊，打通自己的知识壁垒和突破艺术的门槛，才可渐入佳境。

卵石在磨难中定格，诗在摔打中升华。

"此中有真意，欲辨已忘言"，感谢大海的馈赠，有如醍醐灌顶。

马雅科夫斯基说："要想成为一个诗人，先要使自己作为一个真正的人成长起来。"

作家，诗人，他的灵感来自太阳，海洋，波涛，生活，同时不拒绝生活的磨炼、漱洗，以形成他自己的情感、思想、文风、品格，像卵石一样，伤痕与收获并存，一如日出的升腾、海的呼啸，浪花的晶莹腾跃……

一个爱牛的人

县里要搞一次给牛选美的活动，牛选美怎么个选法？怎么才算美？无从知道。但我坚信最有发言权的，只能是庄稼汉。他们天天和牛打交道，了解牛的脾性，对牛有深厚的感情，"情人眼里出西施"，他们的一票最关键。

这使我想起那个年代，在农村"改造"时，认识一位姓言的牛倌，村民管他叫言嗲，是个老庄稼汉，他跟牛打了一辈子的交道，是个牛专家，用牛、相牛、给牛治病……很有一套。就因为这，村里买牛什么的，都派他出差。

买牛这个活计，并不轻松，除了懂行，还要能吃苦。讨价还价不说，买到手，还得牵着它翻山越岭，日夜兼程，从江西走到湖南。因没钱乘火车，一路上得餐风宿露；每到一地，先给牛找草料，弄到一点水，先给牛喝。看着牛累了，花几毛钱坐几站火车，但只能坐车皮（货车），人牛货混装，还得挤着蹲着。

后来，农村搞运动，把牛倌“揪”了出来。贩牛的事，其实他不说也无人知晓，但他经不住“斗”，站到台上双腿发软，便一五一十说了出来：帮人家江西人顺便倒卖了一头牛，赚点路费草料费，不然牛到不了屋。就这样，言嗲被打成“牛贩子”。

没几天，他的家门口挂了“走资本主义道路的牛贩子”的牌子。

那以后，门庭开始冷落，村里有关牛的吃喝拉撒，没人再敢找他“咨询”。他自己很坦然，逢人便告：我走路，你别跟着，这是资本主义道路！

记得那年立冬的晚上，忽然一声惊雷，在夜空滚过。我看见言嗲神色不安起来，一会看看天，黑乎乎的，再看看远处养牛户的灯火，昏黄的，星星点点闪动，一会，仿佛有人大声在咋呼。他索性进屋，关门，倒头便睡。没一会，又坐起来，抽着烟，思索着，漆黑的屋里，只见一点红火头，在他的两唇间忽明忽暗。

不多会儿，门外登登登的脚步声由远而近，几个村民提着马灯来找言嗲，把他叫起来。来人悄悄问，他也悄悄答，我住在隔壁，一句也听不清，折腾了一宵。

第二天天气格外清冷，我问昨晚的事，他说："雷打冬，十间牛栏九间空。有牛受惊吓了，他们来问我，我说多备草料，棉絮，叫牛别怕，说是汽车响，牛懂，只莫让牛冻着……"我问：你不是说这是资本主义道路吗？怎么还那样有辙，门庭若市？都走到你家里来了？他在鼻腔里"哼哼"两声，我听出来，他在笑。

我很好奇，问他有啥绝招儿，传授点给我，日后种庄稼糊口，也不至于两眼一抹黑。

他见我心诚，还觉得我这出身，八成也只有种田的命了，很痛快就把"相牛经"教给我了：牛看角，角冷不好，有病；毛少骨多、毛色油光闪亮好；珠泉有旋毛，八成寿不长；四蹄直如柱，牛中顶梁柱；选牛看撒尿，向前是良种。年龄看牙齿，三岁二齿，四岁四齿，五岁六齿……还有，看眼睛、睫毛、尾巴、骨相……至于洋牛，什么高门塔尔牛、夏洛牛……那都是菜牛，杀了卖肉的……

再后来向他讨教，他忽然想起什么，不肯往下说了。很久后，他在地里跟我说："你也别记录了，鸡毛蒜皮，记了也没用，弄不好又是资本主义道路。"他说本不该告诉我，宁卖祖田，不卖祖言，祖传的东西，只能垂直传授，父传子，子传孙，堂客媳妇不能传。

我被"解放"后，一晃很多年没有跟他联系，关于他的生活起居，一点消息也没有。早些年我特地跑到曾经劳动的乡下，去看望他，但大门上了锁，黑牌子不见了，认识我的老人们说，"牛贩子"后来被他的侄儿接到城里去住，再没有回来过。

手抚门锁，神往当年，我心中阵阵怅然。我很想告诉言哆，他传授给我的"相牛经"，记录本还在。当年落实政策回城后，我依然干编辑，并未去种田，但"相牛经"一直保留着，没准哪天重为冯妇，还用得着。

我想对他说，想象县里"选美大会"，一定很隆重，"选手"一定不少，像举行奥运会一样。庄稼汉把自家的牛牵出来，端详着，抚摸着，赶着遛几圈。实在说，这么多"情人"的眼睛盯

着，拿名次并不容易。夺冠的一定是大家公认的
"西施"。大家给牛披红挂彩，燃放鞭炮，敲锣打
鼓，场面一定十分热烈……

　　我还想说，假如他还健在，一定是个顾问，
没准当个评委会主任都有可能，一定会笑得合不
拢嘴，忙得屁颠屁颠。……

　　是的，车尔尼雪夫斯基说的："人一般地都
是用所有者的眼光去看自然，他觉得大地上的美
的东西总是与人生的幸福和欢乐相连的。"丰收
的喜悦和幸福，总是富藏着美的意蕴，以及人心
对美的向往，这是庄稼地里长出的真理。

　　后来听说言嗲已经作古了，坟地就在他那房
子后山上，坟的周围有野花，有几棵短松，想是
他的侄儿栽种的。每从火车上看到窗外一晃而过
的田野，还有在田里耕作和吃草的牛群，记忆便
定格在我的脑海里，我便想起言嗲，一个爱牛的
人，村里人也爱着他。

广东人叹茶

广东茶楼很多，很多市民把到茶楼叹（品尝、享受）茶当作生活的一个重要部分。

宋代起，广东就盛行饮茶之风，有钱人出行带着精致茶具和茶团，随处可以煎烹，三五知己，边饮连聊，一聊就是半天一天，用现在的话来说，是信息交流、心灵享受。后来，由于战乱和灾荒，中原人（即现在客家人的先祖）大举南迁，带来了许多的中原文化习俗，其中也包括茶文化。所以千百年来，广东一直保持着饮茶的古风。茶楼、茶居、茶馆很多，早有早茶，午有午茶，叹茶的人络绎不绝。进得茶楼，热气升腾，云蒸霞蔚，香气扑鼻。

过去有种专门给报纸写专栏的文人，有的写

杂谈之类短文，有的写连载小说，他们的作品，大都在叹茶聊天中得到灵感，效率高的，甚至可以同时给几家报纸写专栏，写连载，茶楼成了某些文人一个重要的生活空间，写作空间，交流信息，知人论世。茶使人们发出心灵的颤动，所以一个"叹"字，真是点睛之笔。但说到在茶楼写稿，是不容易的。广东的牧惠先生就很赞赏这样的文人，能够闹中求静，心无旁骛，一天写下好几篇东西，寄往报刊，衣食住行的钱就从笔下来。这类人写作态度从不马虎，也不是文字匠，他甚至比专业写作的人更讲究推敲，"两句三年得，一吟双泪流。知音如不赏，归卧故山秋。"当然除了求得知音赞赏，也关系生计。所以牧惠先生很佩服这样的写稿人，说他们一字一稿来之不易。

报纸编辑与作者，在生活态度和取向上，就像喝茶，进茶馆的人，来饮不同的茶，有喜欢铁观音的，也有喜欢龙井的，也有喜欢大红袍的，饮起来心情也不相同。衣食无忧者，茶的味道对他来说，自然和他的日子一样，有滋有味。而生活拮据一点的人，叹茶又是一番情怀，茶到苦处，感叹人生之不易。几杯下肚，甘中带苦，苦中有涩，涩后回甘，其味隽永。犹如夕阳古道，看浮云过眼，往事回首，有甘有苦，几杯过后，荡气回肠。或三五至交，围炉而坐，抵掌而谈，情趣盎然，然而相见时难别亦难，曲尽人散，乍暖还寒，则是另一番喟叹了。有的一家几口围坐而"叹"，也有形影相吊，孤坐独"叹"，各有各的心情，各有各的味道。我常见四代同堂上茶楼叹茶，老人行动不便，子孙们就用轮椅推着去，那种孝悌，那份亲情，人情温暖，人见人叹。

广东的茶式很多，不光是喝茶，也有点心之类，如春卷、虾饺、糯米糕、糯米鸡、蒸排骨、油条、烧饼、叉烧包……多到几百种，任意挑选。有人一坐就是一个上午，去晚了就得排队等候。

从叹茶到写稿，我们可以看到人生世象，更值得思索的是写稿人的艰辛与执著，对当今许许多多这样的贾岛，他们的来稿，作为"知音"的编辑，要好好掂量每一个字的分量，不要使他们失望地"归卧故山秋"。

我国许多方言，已经演化成日常用语，但是它们的本来含义，蕴藏着深厚的文化渊源，是值得研究探讨的。如湖南醴陵有些农村吃的"旱茶",其实是瓜子花生薯片之类点心。但为什么叫旱茶?解释是:不用水,以点心代茶。至今还有"到我家里来吃旱茶"的习俗;其实"茶"只是徒有虚名。这与广东茶与点心不可缺一就是另一番"叹"了。

原载《新民晚报》

小　站

　　我记忆中的小站，位于京广线上，湖南境内，站的确很小，有一栋很朴实的平房，青瓦黄墙，一边是候车室，另一边住着站长一家子。屋后面有清可见底的池塘，池塘里有绿色的浮萍，要是下雨，坐在候车室，可以看到池塘水面上密集的跳跃的圆点。房子周围被槐树、柳树围合着，坐在候车室，可以看到窗外被虫子噬成筛子一样的树叶，迎风摇曳。一切是那样自然、静谧、祥和。

　　我在这乡间读完小学，每年都要在这小站上上下下，站台、人流，以及风风雨雨，留在我的记忆里。

　　这是山里人充满期待的地方。冬天，候车室

十几个平方米，中央是一个火炉子，火炉子周围摆着几条长凳。人们坐在这屋子里，抽着呛人的叶子烟，寒暄着，等着火车的到来。站长会给炉子不断地加煤出渣。

站长姓颜，五十多岁，在这个有七十多年历史的小站迎来送往，干了一辈子。在我的印象中，他总是戴着一顶大盖帽，帽前有一枚路徽，闪着光亮。不管夏天穿着短袖工装，还是寒冬棉大衣裹身，那顶大盖帽，总是戴在他的头上；绿色的袖标上绣着"站长"两个黄色的字，与客车厢的颜色挺搭配。手里常年提着一盏信号灯，有时还拿着一个铁环似的路签，插入月台的信号杆上，当不停小站的火车呼啸而过的一瞬间，与站台自动交换路签，以保证行车安全。他还兼售票、检票、信号……几十年过去了，小站还在，槐树还在，信号杆还在，老站长如果没有作古，应是百岁老人了。记得从上世纪七八十年代起，火车就已经不在这儿停靠，村里人每天还能听到火车远远地鸣叫，但已无人起早步行十几或几十里路去赶火车了。小站附近办起了一些工厂，池塘被填埋，盖起了仓库，小站成了这些工厂装货卸货的货车站。但只要听到火车的鸣笛，风雨、槐花、池塘、候车室以及那小小的售票窗口……
这些美好记忆，就会从山里人的梦中甦醒。

　　离开湖南很多年了，但每年总要回老家一两
回，前年春节，想回老家看看。赶上春运高潮，
票很不好买，折腾了几天，才买到大年三十晚上
的车票。那天匆匆吃完团圆饭，便老少相携，往
火车站赶，登上北去的列车。

　　列车缓缓启动，我靠窗户坐着，看着窗外向
后飞逝的彩灯以及夜空中飞度的五光十色的曳
光，偶尔可以听到礼花哗哗剥剥的响声，再看看
车内和我一样回家过年的旅客脸上泛起的兴奋、
喜气洋洋，我深深感受到中国老百姓对自己的传
统节日的那份执著，那种情结。

　　只有列车行进的铿锵声，偶尔有小站飞过眼
帘。孩子的眼睛闪着光亮，那是小站的灯光么？
我忽然想起以往摸黑起床，生火，做饭，然后举
着火把或打着手电筒，步行到小站。遇上雨天，
要起得更早，因为山里路不好走，溜溜滑滑，有
时赶到车站天还没亮呢。做早饭的炊烟，弥漫在
田垄、山间，那股特殊的松枝的香味，我一直没
有忘记。

　　车过郴州，呼啸前进，心里也不停地在吟咏

秦观的词：雾失楼台，月迷津渡。桃源望断无寻处。可堪孤馆闭春寒，杜鹃声里斜阳暮。驿寄梅花，鱼传尺素。砌成此恨无重数。郴江幸自绕郴山，为谁流下潇湘去。历史已经径去不顾，而郴江依旧，真个离恨更砌无重数。

多少次乘车，每当风驰电掣掠过我熟悉的小站时，我总要深情地向那小砖房，那小站周围高耸入云的山峰，深情地注目。还有那一望无垠的田野，田野里勤劳耕作的人们，使我想起陆机的诗句："采采不盈掬，悠悠怀所欢。"（《拟涉江采芙蓉》）人们勤劳不懈，去采撷收获的快乐和幸福。

火车又叫了，钻入隧道了。在我的记忆里，在我的梦境中，蒸汽机车汽笛声的豪迈、慷慨，现代动车电笛的轻柔、悠扬，车轮向前铿锵的节奏，组成一曲十分美妙的前进交响，而我在行进的车厢里，随着这时代交响，思绪飞扬，诗情澎湃，也常常悠悠怀所欢，悠悠怀所作。

小站之于我，是一本书，虽然很小，小到在地球上几乎找不到它的身影，但它不孤独，许许多多不同的小站，在不同的地方，有着不同的故事，演绎不同的沧桑。110年前，有一位82岁的老者，就是睡在那候车的长凳上溘然长逝。他怀着希望，想从小站走向遥远而广袤的农村，与农民生活在一起，去描写他们，但他身体不好，又饥又寒，还害着肺炎——他是带着美好的希望出走的。他就是列夫托尔斯泰。那小站，名叫阿斯塔波沃车站……

原载《新民晚报·夜光杯》

重读《续诗品》

  《二十四诗品》相传是司空图所著，是以二十四首诗阐发诗论和美学，如雄浑、冲淡、纤秾、沉着、高古……从诗的"品味"入手，谈论诗的形态和美学。这二十四首诗，不大好懂。多年前，湖南弘征先生将这二十四首诗改写成白话诗，不失原诗宗旨，确实在阅读上开辟了一条新路，在诗论和诗美学的探讨上，是方便了许多。

  清人袁枚（1716—1797）曾在《二十四诗品》的基础上，写过一部《续诗品》，在写法上，虽说是"续"，内容上显然不蹈前路，主要是阐述诗的"性灵"主张。

  袁枚是钱塘人，雍正五年中秀才，乾隆三年中举人，乾隆四年中进士。乾隆七年，举行清书考试，他不懂满文，考得不好，被降级使用，改任知县。官场失意，加上母亲患病，他向朝廷打报告乞养归山，其后终生脱离仕途，筑随园笔耕，驰骋文坛诗苑。这位清代的诗论大家，可谓著作等身，尤其关于诗的论述，十分丰富。人们在研究他的诗论时，多是关注他的《随园诗话》，而对《续诗品》，提得很少。他的《续诗品》，与唐人司空图的《二十四诗品》，角度并不相同，司空图主要是写诗的不同风格，写法上是意象化的手法展现，所谓二十四，即是用二十四首诗来阐释，韵味深长，影响深远，甚至可以与西方现代诗论如亚里斯多德的《诗学》和贺拉斯的《诗艺》接上轨。而袁枚的《续诗品》只是采取了他的语言形式，侧重于创作方法和创作思想、创作态度，总之这两本书都不好懂，实用性也很有限。

　　袁枚的诗论，影响最大的是性灵说，而性灵说讨论的核心，是诗人写诗主要靠主观因素，不能光靠才气。没有内在的情感，光靠搜索枯肠，强调格调、肌理，是不可能写出好诗的。他从斋心（"诗如鼓琴，声声见心。心为人籁，诚中形外。我心清妥，语无烟火。我心缠绵，

读者泫然")、理气（"吹气不同，油然浩然。要
其盘旋，总在笔先。汤汤来潮，缕缕腾烟。有
馀于物，物自浮焉"）。气者，兼诗人气质与生
气之意，是性灵的重要部分，包括阳刚（汤汤
来潮）和阴柔（缕缕腾烟）二气，博习（要博
学多识，但不要有门户之见，不要分唐界宋，
要转益多师）和尚识（"学如弓弩，才如箭镞。
识以领之，方能中鹄"）四个方面，阐述了性灵
说的核心，而四个方面又相辅相成。又如"锦
非不佳，不可为帽。金貂满堂，狗来必笑。"强
调"意为主人，词为奴婢。主弱奴强，呼之不
至。"写诗应该以胸臆为主导，而不能光凭一点
才气，罗列辞藻，如果"奴婢"强过"主人"，
那还怎么使唤呢？

　　写诗要"着我"，即写自己的胸臆："字字古
有，言言古无。吐故吸新，其庶几乎！孟学孔
子，孔学周公，三人文章，颇不相同。"诗要表
现诗人的性情，审美情调，又不要蹈袭前贤，寄
人篱下，要独出机杼，有自己的风骨，这都是很
精辟的见解。

　　中国的民歌，真切感人，皆因出自歌者的性
情，孔子所编诗三百篇，皆为"劳者歌其事"，

不是士大夫的文字游戏。鲁迅先生曾说："士大夫是常要夺取民间的东西的，将竹枝词改成文言，将小家碧玉作为姨太太，但一沾着他们的手，这东西就跟着他们灭亡。"（《略论梅兰芳及其他》）傅斯年先生认为诗歌形骸（体例）的进步，不等于素质的进步，"若干民间文体被文人用了，技术自然增加，态情的真至亲切从而减少。所以我们读大家的诗，每每只觉得大家的意味伸在前，诗的意味缩在后，到了读所谓'名家'诗时，即不至于这样的为'家'的容态所压倒，到了读'无名氏'的诗，乃真是对当诗歌，更无矫揉的技术及形骸，隔离我们和人们亲切感情之交接，那么，无文采的短章不即是'原形质'，识奇字的赋不即是进步啊！"（《傅斯年古典文学论著》）这一段话，对袁枚的性灵说，可以说是一种声援。

任何不朽的诗作，总是包含作者的"着我"（一旦到了"名家"之手，就变了味儿）。刘邦的《大风歌》、武帝的《瓠子歌》……都可以视为性灵说的代表作。因为作者是皇帝，士大夫不敢进行"技术改造"，所以流传千古而不磨。也可以见得，孔子编诗经，是怎样的辛苦辗转，力图保留"劳者歌其事"的原汁原味。

所谓"市场经济"，在很多领域，尤其在意识形态、文化传统、人际关系领域，是没有"表率"价值的。如果用商人的思维方式来进行创作甚至成名，那就会是缘木求鱼。鲁迅说："'雅'是要地位，也要钱，古今并不两样的，但古代的买雅，自然比现在便宜；办法也并不两样，书要摆在书架上，或者抛几本在地板上，酒杯要摆在桌子上，但算盘却要收在抽屉里，或者最好是在肚子里。"（《且介亭杂谈·病后杂谈》）

好端端伤春悲秋，无形中就成为自欺欺人的把戏。王国维说词人有"主观词人"和"客观词人"之分，大抵"主观词人"多为自叹身世之戚，与性灵说不是一回事。王国维认为"后主之词，真所谓以血书者也。宋道君（徽宗）皇帝《燕山亭》词亦略似之。然道君不过自道身世之戚，后主则俨有释迦、基督担荷人类罪恶之意，其大小固不同矣。"（王国维《人间词话》）

值得注意的是，中国的古诗词，写愁苦之言占多数，虽有边塞诗之激越、雄浑、磅礴和苏辛诗之豪放，但终究不是多数，成不了气候，难以压倒哀婉、纤丽的病态，这就形成了中国古诗词

"阴柔的特质"(《傅斯年古典文学论著》)。而这些愁苦之言所具有的艺术魅力,感动着世世代代的读者。"其中妙诀无多语,只有销魂与断肠",亦不乏登峰造极的佳作,就像古希腊的城堡文化,单一性结局的悲剧比双重性结局的喜剧更受观众的喜爱,理由是一样的。人们对此进行过许多探索,有的作家鼓励诗的形式的多样化,认为如果诗歌能出现千千万万的不同表现形式和风格,那就是文学解放的日子,但这不是一朝一夕的事情,社会的发展是渐进的,文学脱离现有的形骸,还不能说是进步,关键是素质的进步,少矫情,多真情,少仿造,多风骨,少机巧,多尚识。在这一点上,《续诗品》的指导意义是值得肯定的。

袁枚的"续诗品",其实比较《二十四诗品》接近具象化,既有形象思维,也有理性的概念化的表述,而作为一种诗论,同其他理论一样,终归要经过实践的检验,只有不脱离生活和历史进程,方可显现出它的生命力,不管时间多么悠远。

原载《人民日报》

"诗千改"与不擅改

——再读《续诗品》

袁枚认为写诗并不容易，一挥而就的"高手"，不一定写出来好诗。他举了汉赋的例子。如东方朔，很有辩才，幽默机智，才思敏捷，作赋常常是倚马可待。枚皋十七岁即能写赋，也是文思疾速，受诏辄成。但所作诙谐调笑，类似俳倡，跟东方朔、郭舍人差不多。

而司马相如字斟句酌，反复推敲，写尽胸臆，来得慢，故时有"枚疾马迟"之称，公认马赋质量最高，很有内涵，广为流传，有"千金难买相如赋"之誉。枚皋自叹不如，要和东方朔一起学习司马相如行文迟涩，力避熟滑之风。

袁枚此意指：高雅的乐曲不容易演奏（"清

角声高非易奏"），难值之花方为瑞象（"优昙花好不轻开"），作诗亦然（"物须见少方为贵，诗到能迟转是才"）。

德国哲学家弗里德里希·威廉·尼采说：母鸡下蛋的啼叫与诗人的歌唱一样，都是痛苦使然。同样，德国诗人歌德也说过，快乐是圆球形（die kugel），愁苦是多角形物体（das vieleck），"圆球一滚就过，多角体辗转才停。"他说作诗的过程，往往是辗转痛苦的。"能迟"也许正是酝酿佳作的过程；"倚马速藻"，像圆球一滚即过，"一不留神就当了诗人"，自然快乐得意，但谁会被那样的诗赋感动得刻骨铭心而历久不磨呢？古诗云："谁能思不歌？谁能饥不食？"故诗词欢愉之辞难工，愁苦之言易巧。

中国的古诗词，写愁苦之言占多数，虽有边塞诗之雄壮，苏辛诗之豪放，但终究不是多数，成不了气候，难以压倒哀婉、纤丽的病态，这就形成了中国古诗词阴柔的特质。而这些愁苦之言所具有的艺术魅力，时时感动着读者。就像古希腊的城堡文化，单一性结局的悲剧比双重性结局的喜剧更受观众的喜爱，理由是一样的。人们对此进行过许多探索，有的作家鼓励诗的形式的多样化，认为如果诗歌能出现千千万万的不同表现形式，那就是文学解放的日子，虽非一朝一夕的事情，但愿望是良好的。

诗人写诗艰辛，不管是哀婉还是雄壮、豪放，都有一个辗转反侧的过程，这是无疑的。袁枚有一首诗这样写道：

　　　　爱好由来下笔难，一诗千改始心安。
　　　　阿婆还似初笄女，头未梳成不许看。
　　　　但肯寻诗便有诗，灵犀一点是吾师。
　　　　夕阳芳草寻常物，解用多为绝妙词。

他把写诗比作妇女梳头，"头未梳成不许看"，即使是阿婆，她也像初次梳头的女孩子一样，一丝不苟，索索利利，才可见人。现在很多诗人写诗，正是袁枚诗所写的，"爱好由来下笔难，一诗千改始心安"。锤字炼句，毫不马虎，力求格律严谨，才可出手与诗友切磋，现在还给媒体发表，第一个读者就是编辑，也是诗友。

但现在的来稿中，是已经没有"吟安一个字，捻断数茎须"作者卢延让的诗作了，更没有"阿婆还似初笄女，头未梳成不许看"的作者袁枚赐稿，但你不能因此说现在的作者"赐稿"，是未经推敲的涂鸦之作吧。据我所知，有一些作者写成一首诗，也是"一诗千改始心安"，一点也不马虎。作为编辑，对这样的来稿，应该慎之又慎，先把来稿反复看几遍，看过后放一放，过几天再细读、研读，不要轻易"斧正"。这一点，我在《永怀谦卑之心》一文也说过，要体会作者写作，多数都是"千回改"，自己不满意是不会投寄的，而作为编辑，读一篇稿，应该是从最高境界来欣赏和品评，而不是当成一根绳子，总是从最薄弱的一段断定它的质量，你是编辑，就应该把来稿当书来读，如果你是企业家，你可以把它当绳子来处理。对待来稿，第一义最好是"勿擅改"。

据说白居易在京城入寺见僧念经，便问："世寿多少？"对曰："八十有五。"进曰："念经得几年？"对曰："六十年。"白居易感慨："真是奇怪！虽然如此，出家自有本份事，什么是和尚本份事？"僧无以对。白居易于是作诗曰："空门有路不知处，头白齿黄犹念经。何年饮着声闻酒，迄至如今醉未醒。"白居易的意思很明白，参禅就应该悟道，否则念经一辈子，也不知干什么来的。当编辑也如此，只顾守拙，而未得心法，干得再久，也只是个文字匠。只有"修炼"到心静无念，谦卑矢志，才能从来稿淘出真金。关键是路头要对，路头一偏，愈骛愈远矣。

原载 2018 年 11 月 13 日《新民晚报》

"诗酒"（外一章）

一

　　吴乔（修龄）先生在《围炉诗话》里说："意喻之米，文则炊之为饭，诗则酿而为酒。饭不变米形，酒则变尽。啖饭则饱，饮酒则醉。"

　　这里说了诗与文的不同之处。素材好比米，写文章好比煮饭，米煮熟了，成为香喷喷的饭粒儿，吃了能饱肚子。人说，读书读得多的人，叫"饱学之士"，就是这个意思，满肚子都是学问，好像学问是"吃"进去似的。苏东坡每天早晨要喝点酒，自谓"浇书"，足见其饱学的程度。苏舜钦读一天《汉书》，饮酒数斤，人谓之"汉书下酒"。

而写诗不同,修龄先生比喻为酿酒。米酿而为酒,"酿制"之难,非一日之功,酿得好,回味无穷,令人陶醉,酿得不好,如喝白开水。好的古诗词能够流传久远,靠的就是"酒劲",而非酒精。品诗如品酒,当然要会品。

会品酒的人,又不一定会品诗。像刘伶那样的人,就不能跟他谈诗,一天到晚不离酒,他说死后要埋在酒厂附近,头要朝着酒缸。这种人,跟他说"诗酒",等于白说。一是这酒不是那个酒,二是他不读诗,只会喝酒。朋友推荐他做官,他太离不开酒,不修边幅,邋里邋遢,喝了酒就胡说,没酒就蔫不唧,朝廷特使考察后,说此人是个酒癫子,不能录用。

"文　饭"

写罢《诗酒》,意犹未了,再饶舌几句,谈谈"文饭"。

诗如酒,文如饭,这是吴乔(修龄)先生在《围炉诗话》里说的。原话是:"意喻之米,文则炊之为饭,诗则酿而为酒。饭不变米形,酒则变尽。啖饭则饱，饮酒则醉"，我以为十分确切。其"酿"非一日之功，字里行间，可见诗人的修养、学识、才智、情感、情绪……真是字字皆辛苦，饮之则"醉"，又无迹可求，妙不可言。

为文则如炊饭，与酿酒不同，不是将米（意）酿成酒水，而是"不变米形"，做成香喷喷的"饭"，吃了能饱肚子。古人称读书读得多为饱学，认为学问是"吃"进去的。苏东坡早晨喝点酒，自谓"浇书"。李黄门则把午睡称为"摊饭"，足见其饱学的程度。

当然，如果酒酿得不好，就像喝白开水，饭做得不香，味同嚼蜡，那就没人敢问津，遑论酒足饭饱。

冯雪峰说："现在有些诗人的诗，满满的一大本，还不如鲁迅的一篇一两千字的杂文，无论在思想上、在诗意上。"（《鲁迅的文学道路》卷引）说明鲁迅的"酒"和"饭"质量都是高质量的。也说明现在有些"酒"、"饭"的质量已不理想。

为什么说鲁迅先生的"饭"做得好，这是值得研讨的。现在"饭店"很多，时不时吃到"馊饭"、"剩饭"、"夹生饭"，《男人如何变坏》《女人如何引起男人的注意》《拍马指南》《升官一百术》《重唤伊甸园》……这类东西，其实并没有多少人爱"吃"，以为这种营生最易为、最赚钱，其实是打错了算盘。刚开始可能有人上当，买一本看看，时间一长，看出了猫腻，品出了怪味儿，下一回便敬谢不敏，嗤之以鼻了。另一方面，像鲁迅、钱锺书、萧乾、冰心、陈寅恪、胡适、梁实秋以及现在一些优秀作家……他们的书，出得虽然少，甚至也不是很通俗，但销量却可观，因为饭好，吃着倍儿香。除了开卷有益，还有艺术价值，精神享受。过去开书店，没有鲁迅的书是撑不开门面的。冯雪峰说："在鲁迅的著作里面，他的杂文要比小说更重要，但并不是说他的小说并不重要，我觉得在我们研究和学习他的时候，他的小说是应该读的，他的杂文更应该读。"

前不久，中央电视台的诗词专题节目，轰动了神州大地，连台湾同胞都收看了，可见诗词在现在人们心中，仍然有很高的地位，仍然酒味醇厚，不曾稍减。

但愿此风长盛不衰。如果今后恭逢小说、散文、杂文赏析晚会，作家都能出席，真是一件功德无量的好事！一定盛况空前！我们期待着。这样的美食大餐，定当使读者、观众大饱口福，比之诗酒，更有收益，腹有诗书气自华，定将出现更多的饱学之士。我想，这项工作，该是我们中华民族的共同愿望吧。

原载《新民晚报》

三十二年读一诗

清代史学家赵翼长于以诗论诗，如"李杜诗篇万口传，至今已觉不新鲜。江山代有才人出，各领风骚数百年"。赵翼字云崧，晚号三半老人，江苏阳湖（今常州市）人。与袁枚、张问陶并称清代性灵派三大家。

记得上世纪八十年代，《解放日报》发表一篇杂文，就这首诗展开争鸣。有的人认为，时代发展很快，知识更新的周期正在缩短，不能老供着几个"祖师爷"而覆盖新生力量，应该是"各领风骚没几年"才对。另一种意见则认为，论文学艺术，若是"没几年"风骚，那就算不得上乘之作。艺术的成败主要是靠时间来检验，楚辞、汉赋、唐诗、宋词、元曲乃至明清小说等之所以久传不衰，就是因为艺术生命不朽，持此论者，认为"应领风骚多几年"才有道理。

这两种意见，从两个不同的角度理解赵翼的诗，我以为都没有错，两家之言我都赞成。

三十二年后的今天，偶又翻出赵翼另一首论诗之诗："满眼生机转化钧，天工人巧日争新，预支五百年新意，到了千年又觉陈。"这首诗就更深一层。赵翼看到了世间万物的发展变化，即使能透支"新意"，到一千年后来读，还是会"不新鲜"的，不可能永远"保鲜"。这就把问题说得很清楚了，即使作为文学艺术，也不会永远不朽，到了千万年以后，会有更出色的作品问世。

赵翼的理论，气魄宏大，独具只眼，令人叹服。

从道理上讲，他是对的，发展是硬规律，"逝者如斯夫，不舍昼夜"。不过，若以今天的眼光来看，就得加进两个前提：如何造就新的"才人"去"各领风骚数百年"？"天工人巧日争新"的局面靠什么来保证？

赵翼所说的，不可能是太虚幻境。诗人、艺术家首先是劳作者，劳作中生出生动的诗句、优美的天籁，铸成诗的灵魂，修炼出伟大的人格，于是成就为诗人、艺术家。这个"恩赐"得感谢劳作，感谢土地，感谢太阳和河流，甚至感谢对他们而言磨炼了人格的贫困。这是时代发展的必然。但是，所谓"市场经济"，在很多领域，尤其在意识形态、文化传统、人际关系领域，是没有"表率"价值的。如果用商人的思维方式来进行创作甚至成名，那就会是缘木求鱼。鲁迅说："'雅'是要地位，也要钱，古今并不两样的，但古代的买雅，自然比现在便宜；办法也并不两样，书要摆在书架上，或者抛几本在地板上，酒杯要摆在桌子上，但算盘却要收在抽屉里，或者最好是在肚子里。"（《且介亭杂谈·病后杂谈》）

李白、杜甫当初并未梦想"提高知名度"，并且"惟此两夫子，家居率荒凉"（韩愈）。其"名"之所成，积历史与造化之功，非一日之寒，其成名的历程，并非把金钱、功名高贡在上。纯功利性的写作，还谈得上什么"各领风骚数百年"？这就是成就诗人的前提。

这当然是指真正意义上的诗人。

写诗不易。希腊的盲诗人荷马说诗是"生着翅膀的语言"，还说"诗是纯粹的眼泪"。这位著名的行吟诗人的话说明：诗是用眼泪书写的。中国的诗歌特别是古诗词，除了情感还有格律。一首诗写出来，要反复推敲，辗转竟日，一点不能疏忽，"吟安一个字，拈断数茎须"，诚非易事。一首好诗，能体现作者的人品风格，"子美不能为太白之飘逸，太白不能为子美之沉郁"，"太白做人飘逸，所以诗飘逸；子美做人沉着，所以诗沉着"（严羽《沧浪诗话》卷引）。这里肯定了李杜诗歌至今还在领风骚。

　　但严羽在"沧浪"却批评，凡诗均以李杜为圭臬，是"挟天子以令诸侯"，托足权门，生就一双势利眼，也不是作诗的法门，此说与赵翼偶合。

　　可是现在的文坛新秀，真正有自己的或"飘逸"或"沉着"风格的，并不很多，报纸网络上走红，并不见得能领风骚多几年。"有怎么样的人，就有怎么样的思想。假如他们生来是庸俗的，那么便是天才也会经由他们的灵魂而变得庸俗……"（罗曼·罗兰《约翰·克利斯朵夫》）这话真是值得深长思之。

　　这么一理解，似乎有一些新的认识，即只有不断进取，才能创新，才能造就出才人。但说说容易，躬行就难，赵翼倘"代圣贤立言"，他就不能这样看问题。现在仍然还有"桃花洞口，非渔郎可以问津"的单位，对人才的脱颖而出，要学习赵翼的见识。

"桂冠诗人"溯源

　　古希腊每年举行一次的戏剧节，非常隆重，各种剧团把自己最好的剧目拿来参赛，观者如云。最好的戏剧的作者，就被评为"桂冠诗人"。可见在希腊人的眼里，好戏也是诗。

　　所谓桂冠，即用桂树的叶子编织的花环，戴在优胜者的头上，被认为是一种极其荣耀的象征。这就说明，至高无上的荣誉，它的价值，是人们赋予的，虽然只是朴素平常的桂叶，但要获得这一殊荣，是凤毛麟角，很不容易的。

　　古希腊城堡的住民，把这象征高贵、神圣的花冠，戴在剧作家的头上，并赋予"诗人"的称号，在世界戏剧史上，在几千年的世界文明史上，它一直熠熠闪耀。

戏剧和神话，是古希腊的双璧，不仅在欧美国家中拥有很多的读者，远在中国，许多读者对希腊神话也并不陌生。

"阿喀琉斯之踵"，是流行于欧洲的一句谚语，意指任何一个强者，都会有自己的致命弱点，没有不死的金刚不坏身。这便是来自古希腊神话的故事。

这阿喀琉斯，是希腊神话《伊利亚特》中的英雄。他出生时，半神半人，他的母亲海洋女神忒提斯，为了使他成为刀枪不入的英雄，倒提着他的双脚，将他浸入冥河水中洗身，使阿喀琉斯成为不死的金刚。但是他的母亲将他倒浸冥河时，是用手握着他的脚踵，使踵部露在水外，不慎留下了唯一的一处"死穴"。

后来阿喀琉斯触犯了律条，杀死了特洛伊王子赫克托耳；而要处死阿喀琉斯谈何容易！但阿喀琉斯并不是无懈可击，——于是，太阳神用毒箭射中了阿喀琉斯的脚后跟，阿喀琉斯便倒地气绝。

这是公元前五世纪的古希腊的神话故事，后来的古希腊戏剧，大都取材于古希腊的神话传说，着重描写人与命运的抗争，塑造崇高的英雄人物。

而古希腊神话是怎样影响古希腊戏剧的，已经无法考证。只能查证是祭奠酒神狄奥尼索斯的宗教活动发展而来。

公元前五世纪，是中国东周时期，那个时候，古希腊对自己的历史似乎并不很在意，远不像中国重视自己的历史，自周始，历代都设有史官，对所发生的大事，均记录在案，"《通鉴》考定正史之误，且多补苴阙轶，故独为信史"（章太炎《菿汉三言》），使一些大的事件大抵有据可查。章太炎先生又言："中夏立国，代有史官，据日历以编年纪事，某年某月某日有何大事，可考而知。民国草创，不立史官，记载简略，十年二十年之事，问之后生，已茫如烟雾。远西史裁，无编年之体，不能考大事发生之月日，此其短也。"（同上）所以，古希腊的神话是如何影响宗教，进而走进戏剧，繁荣了古希腊文化，并受到城邦住民的关注和喜爱，就因为"无编年之体"的原因，盖阙如也。

中国戏剧的产生，虽然后于古希腊戏剧，但也离不开音乐和祭祀活动影响。初期的演出场所，也比较简陋，有勾栏（用绘制的栏杆围成演出场地）和瓦舍（临时性窝棚，意即来时瓦合，走时瓦解），甚至在街头的即兴演出，叫参军戏，类似活报剧。

中国戏剧手法写实，以喜剧为主，古希腊则以悲剧为主，写法缺乏写实性，剧情虽然并不很悲伤，但以主人公单一性结局为终了，故事要求发生在一定时间之内，地点在一个场景，情节服从于一个主题，亚里斯多德总结为"三一律"（classical unities）的创作原则。

中国戏剧也以宗教祭祀为滥觞，虽然出现的时间有先后。孔子曾被邀请参加八蜡（音 zha）祭祀活动，跟大家一起随着敲打的节奏和欢乐的喊叫，翩翩起舞，对这种歌舞，当时并没有升华到艺术高度，孔子认为不过是一张一弛，文武之道，权当行礼，消遣放松。

那时祭祀活动，主要是祭祀天地，以祈丰年，形式上比较随意，边唱边舞。到元明清时期，中国戏剧发展起来了，逐渐走向全盛时代，出现了李渔、汤显祖、关汉卿、王实甫、马致远、白朴等等剧作家。虽然在新文化运动中，戏曲被作为"旧文化"，遭到一些激进文化人的伐挞，但新中国成立以后，大力扶植、支持戏剧的繁荣发展，才出现百花齐放的局面。全盘西化、阉割民族特色的思潮，已经成为历史。

西方戏剧的发展，呈跳跃式，表现形式，也不同于中国戏剧。"桂冠诗人"的荣耀得来不易，竞争很激烈。剧目演出时间很长，白天在太阳下演出，晚上在月光下演出，一演就是一天一夜，观众看戏的兴致更高，许多观众对剧中故事早已了解得一清二楚，每看一次，不过是做一次感情的重温而已。他们甚至从很远的地方带着干粮来看戏，而参赛者为夺得一顶被视为神圣之物的桂冠，厉兵秣马，含辛茹苦，这样重视荣誉的民族的精神，是很可贵的。所以说，桂冠诗人是古希腊戏剧史上一颗明珠，人们从雅典的狄俄倪索斯剧场遗址走过时，便会由衷地对曾在这里演出的人们怀着景仰和向往之情。

2019 年 8 月 16 日《光明日报》

女诗人手笔

中国诗歌史上，有一种"宫体"诗，也叫"闺阁"诗，用现在的话来说，就是"男人写女人"的诗。主要是梁以前，封建帝王、士大夫生活腐败，把女人作为"戏笔"对象，淫词浪语，玩世不恭。一部《玉台新咏》，"非词关闺闼者不收"（清纪容舒《玉台新咏考异》），这些"宫体"，虽然有一部分好诗，特别是对保存梁以前的诗歌有一定的积极作用之外，多是浮词艳语，以轻蔑、睥睨态度，调笑妇女的身世和不幸遭遇。穆克宏先生在这本书的点校说明中指出，这些宫体诗作者"以华美雕琢的形式掩盖淫靡、放荡的内容，实在是诗歌的堕落"。书中收录最多的是萧纲（即梁简文帝），竟达一百零九首之多，给当时诗坛造成一种颓败的风气。唐杜确指出："梁简文帝及庾肩吾之属，始为轻浮绮靡之辞，名曰'宫体'，自后沿袭，务为妖艳。"(《岑嘉州集序》)批评当时诗风颓靡以萧纲等人为代表，对女性狎玩之余，并赋诸诗句，流传朝野。如：

> 北窗向朝镜，锦帐复斜萦。娇羞不肯出，犹言妆未成。散黛随眉广，燕脂逐脸生。试将持出众，定得可怜名。(《美人晨妆》)

> 愁人夜独伤，灭烛卧兰芳。祇恐多情月，旋来照妾房。(《夜夜曲》)

> 荡子从游宦，思妾守房栊。尘镜朝朝掩，寒床夜夜空。若非新有悦，何事久西东。知人相忆否？泪尽梦啼中。(《代秋胡妇闺怨》)

当时的女性是没有社会地位的，在宫体诗里，对她们缺乏基本的诚实和正直态度，对她们的境遇，多是浮词浪语，流露睥睨和讥讽。

直到齐梁后期，出现文学批评，才一改这种颓风。郑振铎说："齐梁在中国文学批评史上是一个大时代。出现了好几部伟大的批评的著作，产生了许多不同的批评见解，我们的批评史，从没有那样的热闹过……能给纯文学以最高的估值与赏识者，在我们文学史上，恐怕也只有这一个时代了。"如沈约、陆厥在诗歌音韵上的论战，还有同期出现的两部文学批评专著——刘勰的《文心雕龙》与钟嵘的《诗品》。

两位批评家是同时代人，年龄大概只相差三岁。他们的崛起，对当时的文学影响很大，也是批评界一件大事，开了一代新风。这一影响，扩散至宫阙，使朝中能诗者幡然醒悟，走出"玩诗"的窠臼，一改靡靡诗风。据《北史·文苑·庾自直传》记载隋炀帝的故事："帝有篇章，必先示自直，令其诋诃。自直所难，帝辄改之，或至于再三，俟其称善，然后方出。其见亲礼如此。"这一段记录，与《隋书》《文选》所记大致相同。在《隋书卷七十六》里，有这样的评说："时俗词藻，犹多淫丽，故宪台执法，屡飞霜简。炀帝初习艺文，有非轻侧之论，暨乎即位，一变其风。"

　　齐梁诗坛的这股新风，摧毁了士大夫玩诗的颓靡之风，解放了许多具有才华的女诗人。

　　尽管封建伦理给妇女许多枷锁，但女性在诗坛却不是天生的奴役对象，就诗的灵感、情感、情境、语言来看，她们往往不让须眉。她们经历坎坷，命运多舛，激发了诗情，或道身世之戚，或诉爱情伤怀，或倾诉真知灼见，如蔡文姬、薛涛、谢道韫、刘采春、李清照等。她们挣脱封建纲常的桎梏，成为一代名媛，留下美好的诗篇。另一方面，这些诗婉转、执着、真切、深爱，意境的开掘，想象的丰富，性灵的直率，应该说，是女性得天独厚的禀赋。

　　汉蔡文姬的《悲愤诗》和《胡笳十八拍》写出她"十有二载，毡幕风沙"的胡营生活，十二年后，曹操接她归汉，使她喜出望外，但与儿子骨肉分离，又使她缱绻不已："忽遇汉使兮称近诏，遗千金兮赎妾身。喜得生还兮逢圣君，嗟别稚子兮会无因。""十六拍兮思茫茫，我与儿兮各一方。日东月西兮徒相望，不得相随兮空断肠。对萱草兮忧不忘，弹鸣琴兮情何伤！今别子兮归故乡，旧怨平兮新怨长！泣血仰头兮诉苍苍，胡为生兮独罹此殃！"……这些诗句，感情真挚，令人一咏三叹。

中唐以后女诗人也很杰出，如薛涛、谢道韫、刘采春、李清照……薛涛诗句绮丽，明旷，性情自负，其字却无女子气，笔力峻激，行书颇得王羲之法。作诗五十年，有诗五百首。但爱情生活不很顺利，终身未字，孤鸾一世，享年六十三岁。她与元稹有一段交情，史料记载她"属意元稹"，但未能如愿。而元稹在女诗人中多有交游，大概生得俊俏，很有诗才，年纪又轻，颇受姑娘们青睐。他写的《赠刘采春》，语多讥讽，但文采裴然："新妆巧样画双蛾，谩里常州透额罗。正面偷匀光滑笏，缓行轻踏破纹波。言辞雅措风流足，举止低回秀媚多。更有恼人肠断处，选词能唱望夫歌。"刘采春是民歌手，现代人称她是中唐时期的邓丽君，但她不仅会唱，还能写诗，她的"莫作商人妇，金钗当卜钱。朝朝江口望，错认几人船。"就比元稹来得直接，不事雕琢，不卖弄辞藻，直抒胸臆，情感真挚。

李清照早期的词清丽奔放，公元 1129 年（宋高宗建炎三年）8 月，丈夫赵明诚病逝于南京，加上金兵入侵，战乱不已，流离颠沛，使她伤怀，词风一转而伤感，"寻寻觅觅，冷冷清清，

凄凄惨惨戚戚。乍暖还寒时候，最难将息。三杯
两盏淡酒，怎敌他、晚来风急！……"

　　刘采春的"莫作商人妇，金钗当卜钱。朝朝
江口望，错认几人船"，就比元稹《赠刘采春》
里的"新妆巧样画双蛾，谩里常州透额罗。正面
偷匀光滑笏，缓行轻踏破纹波。言辞雅措风流
足，举止低回秀媚多。更有恼人肠断处，选词能
唱望夫歌"来得直接，不事雕琢，直抒胸臆。而
李清照早期的词清丽奔放，她写词，喜欢收藏，
后来因丈夫另觅新欢，使她伤怀，词风一转而伤
感，"寻寻觅觅，冷冷清清，凄凄惨惨戚戚。乍
暖还寒时候，最难将息。三杯两盏淡酒，怎敌
他、晚来风急！……"蔡文姬的《悲愤诗》和
《胡笳十八拍》写出她"十有二载兮，毡幕风沙"
的生活，感谢曹操接她归汉。这些诗句，感情真
挚，读之回肠荡气。

　　现代女诗人更多，以抒发爱情、感受为重，
没有更多的雕琢、粉饰，如舒婷的《致橡树》：

　　　"我如果爱你——
　　　　绝不像攀援的凌霄花，
　　　　　借你的高枝炫耀自己；

我如果爱你——
绝不学痴情的鸟儿，
　　为绿荫重复单调的歌曲；
　　也不止像泉源，
　　常年送来清凉的慰藉；
　　也不止像险峰，
　　增加你的高度，衬托你的威仪。
　　甚至日光，
　　甚至春雨。

……

我必须是你近旁的一株木棉，
作为树的形象和你站在一起。
根，紧握在地下；
叶，相触在云里。
每一阵风过，
我们都互相致意，
但没有人，
听懂我们的言语……

　　爱的憧憬，在诗里阐发得如此美丽，如此美好，如此令人向往。

正如诗人郑玲所说："我想是女人的感触特别灵敏，而诗人是人类的感官；女人最需要安慰和爱抚，而诗最能慷慨地给予；女人最执着，而诗酷爱一往情深；女人最缺乏推理能力，而诗最害怕推理；还有，女人有淋漓尽致的想象力，是天生的诗人。意大利学者维柯说，住在北冰洋附近的古代日耳曼人听到太阳在夜里从西到东穿过海的声音，我想最先听到这声音的必定是一个女人。又说甚至在现代还有人认为磁石对铁有一种奥秘的同情，我想最先感到这种自然界的情欲和恩爱的也是一个女人。所以，诗的上空，女性的群星灿烂。"（《风暴蝴蝶·诗之情结（代后记）》）

郑玲说，她一生无法做到的是"以利害衡量诗"，她不会"嫌诗贫贱，毁却前盟"，也不会"觉察到某某在艺术领域内靠钻营成功，立即拂袖而去"，她也没必要对此愤愤不平，人各有志，诗既是灵魂的归宿，这归宿没准是茅庐草舍。希腊给诗人以桂冠，那桂叶只是很普通的叶子，戴在他们喜爱的诗人头上，是诗人的无上荣誉。于是诗永生，不会衰亡。

王国维评价李后主"生于深宫之中，长于妇人之手"（《人间词话》），这个"长于妇人之手"，怎么理解呢？他说"阅世愈浅，性情愈真"，以至"为人君所短处，亦即为词人所长处"。他说的仍是性灵，具有女词人的手笔，亦即性情真挚、想象丰富、感触灵敏，"真所谓以血书者也。"（尼采语）故王国维说："作个才人真绝代，可怜薄命作君王。"

原载 2019 年 8 月 22 日《解放日报·朝花》

三百零五个好"蛋"

　　唱歌是件很快乐的事情，可以抒发和表达情感，是一种美的享受。但是人也有伤心的时候，伤心而歌也很感人。旧时村里死了人，哭丧之哀，也是"唱"出来的，如历数死者生前的种种往事旧情，一边哭，一边悲诉，很是动人，诗人艾青说"寡妇号丧也有格律"。过去有一种以专门为人号丧为生计的人，那种哭诉，虽然言不由衷，但总要对得起银子，于是呼天抢地，抑扬顿挫，如丧考妣。

　　"贫贱夫妻百事哀"（元稹《遣悲怀》），多年相濡以沫，一旦天人永隔，任何往事都能触动思念之情，情发乎中，思念到极致，甚至没有嚎哭，"惟有泪千行"。

"长歌当哭",情况就千差万别。一曲《琵琶行》,唱得"江州司马青衫湿",悲极而吟,感天动地,就属于文学范畴。

孔子"日哭则不歌"(朱熹注:"余哀未忘,自不能歌"),说明他有伤心的事情时,是不唱歌的。

由此想起诗三百篇,自然会想起总编辑孔子。为了编这部中国最早的诗歌总集,孔子深入到民间,采集、筛选、唱诵、记录、编选,工程浩繁,是十分辛苦的,听唱,学唱,记录,然后视唱,"以求合韶武之音"。"雅",分"大雅"、"小雅";"颂"是祭祀鬼神,颂扬先祖功德的乐曲。而"风"是诗经里面最主要的部分,是各地的民间歌谣。把各地收集来的歌谣、诗歌归类为风、雅、颂,便于吟唱、咏叹,是诗经的主要贡献,因为孔子认为这些乐曲都合乎韶武之音。

更值得注意的是,诗三百零五篇,是民间传颂,没有作者署名。如"关关雎鸠,在河之洲。窈窕淑女,君子好逑",没准是船夫的号子,口头创作,传扬开来。反映纯洁的爱情,孔子觉得很有诗意,所以入选。

又如《秦风·蒹葭》:"蒹葭苍苍,白露为

霜。所谓伊人，在水一方。溯洄从之，道阻且长；溯游从之，宛在水中央。……"

像这样无作者署名的作品，入选多达百分之九十几。清人袁枚评价说："诗三百篇，不著姓名，盖其人直抒怀抱，无异于传名，所以真切可爱。"（《随园诗话·七》）三百篇中，"有姓名可考者，惟家父之《南山》、寺人孟子之《萋菲》，尹志甫之《崧高》、鲁奚斯之《宫》而已，此外皆不知何人秉笔。"（同上）

古代诗词，以口头传唱为多，好的诗词，如果与作者身世经历关联不大，往往不知出于何人之手。有些诗歌的作者，由后人考证出来，加以补充，难说十分准确。

没有作者署名，遑论作者的简历、学历、资历；如果补缀上去，便失"真切可爱"。

钱锺书说过一句话："吃蛋的人觉得鸡蛋好，多吃几个就是了，又何必一定要看下蛋的母鸡？"这句话出自陶方宣《胡适的圈子·钱锺书：爱下蛋的"母鸡"》，而钱锺书先生认为文章（主要是文学方面）应该注重作品的阅读和领悟，如果关注"下蛋"的"母鸡"，就匪夷所思，如此甚合孔子。

　　所谓"真切可爱",主要是直抒胸臆,不矫饰,"蛋"就是"蛋",没有多余的注脚。如什么"大师"、"名流"、"仙圣"、"山人"之类,难说这里面没有卧谎窝的,或者压根是"公鸡"。

　　如此看来,"蛋"好不好,还是要"吃"了才知道,蛋好就多吃点,不好就少吃或不吃。

　　故曰:诗三百零五篇,诗出无名,而惟其无名,却是一篮子好"蛋"。

原载《新民晚报》

《羔羊》点赞什么？

《羔羊》这首诗，究竟是赞诗还是讽刺诗，已经聚讼千年。一些人认为此诗是"赞美官吏燕居生活"（官员退朝后回到家里闲处叫"燕居"，类似现在"八小时以外"），理由是，士大夫穿羔裘，表现了生活简朴，因为羔裘本是贫者穿的衣料。

羔裘究竟是不是贫者的衣着呢？非也。羔裘（羔羊的皮）其实是比较贵重的"衣料"，那时候是"上等人"才能穿的，而羊裘（老羊皮），就是粗糙的、连毛都掉得差不多了，才是贫者穿的"料子"。《淮南子·齐俗训》记载，"贫人则夏披葛带索"，"冬则羊裘解札"，也就是一块老羊皮把身体裹住，用绳子捆扎，以挡

风寒。《后汉书·马援传》说马援富时有牛马羊
数千头、谷数万斛，后来"尽散以班（颁）昆弟故
旧"，自己"身衣羊裘皮绔"，生活十分节俭。应该
说，《羔羊》诗里的确是赞颂"羔羊"，说羔羊的皮
毛洁白（素）、柔屈（丝），令人喜爱。但单纯的赞
美，不是诗的宗旨，必有其内涵。诗写道：

> "羔羊之皮，素丝五纯。退食自公，委蛇
> 委蛇。
> "羔羊之革，素丝五緎。委蛇委蛇，自公
> 退食。
> "羔羊之缝，素丝五总。委蛇委蛇，退食
> 自公。"
>
> 《诗经·国风·召南》

除赞美羔毛之外，还写了"委蛇委蛇""自
公退食"和"退食自公"，我觉得全诗的重点就
在这十二个字里。用今天的语言解释，这就是官
员吃完官府"公食"下班了，穿着一身洁白柔软
的羔裘，舒舒服服，剔着牙缝，缓步回家。身披
老羊皮的诗人在一旁见了，发了诗兴，赞叹羔毛
的洁白柔软，很少见到，甚是羡慕……全诗只是

点到为止，没有一个批评的字眼儿，是赞还是讽，读者自可琢磨。

所以，《羔羊》一诗，显然不是对士大夫的点赞。"委蛇委蛇"，即指官员吃完免费公餐，步履舒缓而摇摇摆摆回家的样子。

步履缓慢，"委蛇委蛇"，像蠕动一样，是因为他们除身着羔裘之外，还佩戴了一些玉饰，一走路就发出声响（"环珮璆然"），走得太快，玉珮就可能因互相撞击而破裂。

《论语·乡党》记载，那时候很讲究衣裳的色彩、质地的搭配，在士大夫中形成风气，坐在一起，五彩斑斓，华丽富贵，与现在的戏服相若。清人刘宝楠《论语正义》里记载："郑注云：'缁衣羔裘，诸侯视朝之服，亦卿大夫祭于君之服。'……经传凡言羔裘，皆谓黑裘，若今称紫羔矣。"对此，《毛诗·序》批评曰："国小而迫，君不用道，好絜其衣服，逍遥游宴，而不能自强于政治。"批评当时桧这样的小国，国君只注重服饰，不理朝政，哪能不叫人担忧呢！在《郑风》《唐风》里，同样以羔裘为题，表达诗人对自己国家政治前途的忧虑。

《晋书·王导传》也记载，晋国由于奢靡，

冬着羔裘，夏穿五彩斑斓的丝绸，导致经济凋敝，王导只好带头不穿丝绸，而穿练布的单衣。所谓练布，是一种粗糙稀疏的粗布，有粗练和细练之分，当时的朝官，都跟着"衣着简朴"。说明过于讲究奢华，已闹得国库空虚，只得改穿练布衣。

诗经里《郑风》《唐风》《桧风》里都有写羔裘的。而在《魏风》的《伐檀》里，诗人提出诘问："彼君子兮，不素餐兮！"意即你这个不稼不穑、不狩不猎却拥有大量财富的大夫，难道不是白吃白喝?!

《羔羊》正是对当时官员穿着、"公食"的奢靡生活的暗讽。

从《羔羊》可以看出，那时已经有了"公膳"制度。大夫退朝，按常规要用公膳。今人蒋立甫先生称："《左传·襄公二十八年》：'公膳，日双鸡。'杜预注：'谓公家供卿大夫之常膳。'这与当时民众的生活水平相对照，无疑天上地下之别。《孟子·梁惠王上》中孟子阐述的符合王道的理想社会，在丰收年成，也才'七十者可以食肉矣'，而大夫公膳常例竟是'日双鸡'，何等奢侈！诗人虽然没有明言'食'是什么，以春

秋襄公时代的公膳例之，大约相差无几。"（《诗经选注》）

看来，官场奢靡之风，几千年前，就受老百姓诟病。舞榭歌台、酒池肉林，并非虚构，孔子愤然去鲁至卫，"墨子非乐，不入朝歌之邑"，也非诬说。先贤认为礼崩乐坏，就是对周以来维系的典章制度和道德规范的毁坏，必然导致政权衰亡。事实也确证鲁国不久倒台，商纣王也以腐败亡国，落下千古骂名。

原载《人民日报·大地副刊》

《西游记》体裁与孙悟空的籍贯

　　有朋友和我讨论，吴承恩先生写的《西游记》，究竟是小说还是神话？鲁迅说是一场"游戏"，"神魔皆有人情，精魅亦通世故，而玩世不恭之意寓焉。"（鲁迅《中国小说史略》）与真实的玄奘取经，背负佛经，托钵化缘，行程万里，不是一回事。

　　在中国文学史上，神话的创作是很衰微的，在先秦时期（上古伏羲创易时开始），变爻占卜中有一些神话基因。据说秦始皇烧的大部分就是这类经书，也驱赶很多方士。到汉代，一提起变爻占卜，人们还心有余悸。董仲舒躲着研究占卜，有人告密，说近期的天灾，与董先生占卜有关，告到武帝那儿，差点被杀了头。鲁迅先生考证了《艺文类聚》《列子》《汤问》《淮南子》《本经训》《春秋》《左传》《山海经》……说那里面均有神话传说的记载，但从历史的流程看，已日渐式微，以后就销声匿迹了。

"中国神话之所以仅存零星者，说者（注：指日本盐谷温）谓有二故：一者华土之民，先居黄河流域，颇乏天惠，其生也勤，故重实际而黜玄想，不更能集古传以成大文。二者孔子出，以修身齐家治国平天下等实用为教，不欲言鬼神，太古荒唐之说，俱为儒者所不道，故其后不特无所光大，而又有散亡。"（鲁迅《中国小说史略》）

中国的《西游记》，究其特点，还不算神话，仍然属于小说，它所产生的社会环境和历史环境，都不具备孵化神话的得天独厚的条件。孙悟空虽然本事超群，但它身上的故事，仍然没有跳出神魔、狭邪的窠臼，其基因也非神话的正宗，只能勉强算个"粗野儿童"。"……为什么历史上的人类童年时代，在它发展得最完美的地方，不该作为永不复返的阶段而显示出永久的魅力呢？有粗野的儿童，有早熟的儿童，古代民族中有许多是属于这一类的。"（马克思《政治经济学批判》）

　　所以，马克思盛赞希腊神话是"发育健全的儿童"，他解释原因是：希腊神话的出现，有它的先天条件："物质劳动和精神劳动最大的一次分工，就是城市和乡村的分离，城乡之间的对立是随着野蛮向文明的过渡，部落制度向国家的过渡，地方局限性向民族性的过渡而开始的，它贯穿着全部文明的历史一直延续到现在。"（《德意志意识形态》）。独特的城邦经济发展，城乡之间，精神生产和体力生产之间的落差，商品生产和商品交换的发达，人口的集中，这些自然条件和经济条件，使希腊的神话艺术得以保存和光大，产生神奇的魅力。这种城邦文化所孕育的诗歌、戏剧（尤其古希腊悲剧），可谓得天独厚。长诗《伊利亚特》《奥德赛》，相传为公元前九世纪盲诗人荷马所作，经过长期的口头传诵，公元前六世纪整理成书。作品串联许多神话和历史传说，为后世的文学艺术创作提供了丰富的素材。

　　如戏剧家（埃斯库罗斯、阿里斯托芬等）、诗人（如荷马、萨福等）以神话为题材撰写了大量的作品，正是这种城邦经济发展的必然结果。以神话为内容的诗歌、戏剧的盛行，就是必然的了，那些分身有术，腾云驾雾，冰火不惧，不同凡响的神话人物，被认为是能克服时空和距离难度的无敌将军，表达人们对征服客观世界的向往。不论是阿喀琉斯还是赫克托耳，人们心目中的变形金刚，演出了轰轰烈烈的传奇故事。所以希腊神话具有无比的魅力，就是很自然的事情。

在中国读者的心中，"孙猴子"是中国传说中的神，拔一根毛可以化身千百亿，千钧之重的金箍棒，原是定海神针……所有传说，都附会在《西游记》里，神奇了得！而西方电影里的超人，跟孙悟空相比，就有本质上的差异，"超人"是集现代科技之大成，想要它怎样，它就怎样，说啥是啥，想啥是啥，用马克思的观点来鉴别，"超人"不过是转基因的儿童，属于伪神话。

至于神猴如何认识唐僧，与沙僧、八戒结盟，护驾去印度取经，可能是吴承恩"旅游笔记"的即兴创作。故事借三月初三，王母千秋节，举办蟠桃宴，孙悟空未被请吃，猴头虽有名气，所谓"齐天大圣"，并无玉帝正式文牒，只是个山寨版。结果惹恼猴头，大闹天宫，搅了蟠桃宴的局，受到玉帝惩戒。接下来作家就生发情节，把神猴介绍给唐僧，贴身护驾，往西天取经。这么一拉扯，吴承恩的编排就独出机杼，竟跳出了"玩世不恭"的窠臼，由此看出其不凡的想象力。故事起伏跌宕，险象环生，一路上逢山开路，遇水搭桥，过火焰山，闯盘丝洞，打白骨精，历经风险，除暴安良，不贪美色，艰辛备尝，取回佛经，传为佳话。正如歌词里唱的："你挑着担，我牵着马，……风云雷电任叱咤，一路豪歌向天涯……"人们被这神猴的本事所折服，"神魔皆有人情，精魅亦通世故"，在小说中，悟空成了一个了不得的行者，名震古今，英雄不问出处，也就顾不上花工夫去考证它的籍贯了。

最近就此关注一些资料，查找孙悟空的籍贯，据说并非在中国，亦非太空，它原本是印度神话中的神猴，"所以现在也许只宜笼统地说，印度史诗中的神猴哈奴曼和中国古代传说中的无支祁都是孙悟空的前身。文化上混血杂交的优势，使得这位后起之秀本事非常之大，他的颜值又很高，所以极得人心。"（顾农《孙悟空从何而来》）而胡适则干脆认定孙悟空是印度籍："我总是疑心这个神通广大的猴子不是国货，乃是一件从印度进口的。也许连无支祁的神话也是受了印度影响而仿造的。因为《太平广记》和《太平寰宇记》都根据《古岳渎经》，而《古岳渎经》本身便不是一部可信的古书，宋元的僧伽神话，更不消说了。因此，我依着钢和泰博士的指引，在印度最古的纪事诗《拉麻传》里寻得一个哈奴曼（Hanuman），大概可以算齐天大圣的背景了。"鲁迅对胡适这个意见既不肯定，也不否定，表示存疑。所以直至现在，齐天大圣的籍贯，还没查清楚。

原载《光明日报》(2019 年 7 月 5 日 16 版)

书庵沧桑

"邺侯家多书，插架三万轴"，说的是唐朝李泌的书庵，曾经藏书很多。湖南南岳山上的邺侯书院，据说是后人为纪念李泌而建的书庵，纪念而已，并没有书。门前石柱刻联"三万轴书卷无存，入室追思名宰相；九千丈云山不改，凭栏细认古烟霞"，出自韩愈手笔，往事云烟，尽来笔底。

这样藏书万卷的私人图书馆，那时是不多的，因为出版发行不易，出一本书，要经过艰难的生产和经营过程。而能藏这么多书，用于研究，李泌的学习精神，是很了不得的。

北宋司马光，在熙宁四年（1072 年）定居洛阳时，已经五十二岁了。两年后，买了二十亩地，修了一座园子，名独乐园。园中有堂，聚书五千卷，名曰读书堂。司马光就在这个读书堂披阅经书，撰写了 294 卷 300 万字的《资治通鉴》。累了，就在园中徜徉，活动活动，以垂钓和修剪植物放松思想。这五千卷藏书，来得不易，他不轻易外借，十分珍惜，他说"贾竖藏货贝，吾辈唯此耳，当极加宝惜"。每当上伏及重阳日，他要将书搬到太阳下晒，防止生虫；读书之前要将几案擦拭干净，垫上茵褥；外出带书，用方板夹住，绳索捆紧，以免书脑和扉页损坏，也免得手上的汗渍将书弄脏；每读完一页，轻轻地用手指"撚而挟过"，不"轻以两指爪撮起"。他的书，读了几十年还是"若未手触者"。

六百多年之后，南方江宁之地也曾出现一座名园，是清人袁枚的随园。园中有一个小仓山房，是他的私人图书馆，藏书也不少，也不轻易外借。

这些私人图书馆，可谓惨淡经营，虽然规模并不大，但折射了先人在学习上的砥砺前行、孜孜不倦的精神。

由于研究方向不同，这些馆藏典籍也不尽相同。李泌的道经，袁枚的诗书，各有侧重，而司马光的书大抵史籍为主。由于研究的态度不同，重点不同，术业有专攻，各人的治学方式不尽一致，以致对生活的取向也不尽相同。

如司马光的"独乐园"，注重沉静，独思，所谓独乐，并不是"脱离群众"。他对孟子的"独乐乐不若与人乐乐；与少乐乐不若与众乐乐"的道理，不是不懂，他在《独乐园记》里已经写了，认为欣赏音乐（"独乐 yue 乐 le"）是王公大人之乐，"非贫贱者所及也"；颜子"一箪食，一瓢饮，在陋巷，不改其乐"是圣贤之乐，"非愚者所及也"。自比"鹪鹩巢林，不过一枝，鼹鼠饮河，不过满腹，各尽其分而安之"，是俗陋之乐。这就解释清楚了他的独乐园，不过是个很普通、很简陋的私家读书之地，并非离群索居，自诩清高。

袁枚是主张性灵学说的，他的学问做在把酒吟诗之间，广交诗友，不问男女，人生取向如何，诗风如何，坐在一起谈文论诗，切磋交流，取长补短，自成一格，《小仓山房诗集》《随园诗话》《随园随笔》，应该说，是他性灵学说的滥觞。

李泌更不同，是个政治家、谋士，也是道学

家，但他很清高，视冠盖如敝屣，曾辅佐唐皇四朝治理天下，功成身退，远离朝堂，长年隐居南岳，躬耕读书，研究道学，做他的老百姓。到德宗时，为挽救危局，再度出山辅政，时间不长，两年多，便以六十七岁辞世。

联想到杜甫"床头屋漏无干处，雨脚如麻未断绝。自经丧乱少睡眠，长夜沾湿何由彻"。居屋都不保，遑论专门读书写作的私家书屋！通常是怀铅提椠，负笈担簦，行吟天下。杜工部退休后，如果接受应聘，也许有间房子写作，但孔子说过："士而怀居，不足以为士矣！"杜老还是没有去混迹"盲流"。

说到书庵，竟是个国际话题。中世纪后期的英国图书馆藏书的基础竟是私人书庵，如不列颠博物院图书馆，就有斯隆的、哈利家族和柯顿家族的私藏。公元十世纪以前的英国基督教会藏书，则以抄本为主。牛津、剑桥和圣安德鲁斯等大学、学院图书馆的藏书，也主要靠私人捐阅，如汉弗利公爵、中世纪后期达勒姆主教的捐阅、爱书家 R. de 伯里的 1500 卷的捐阅，等等。英国曼彻斯特古老的切特姆图书馆，是马克思和恩格斯年轻时常去阅读和写作的地方。这些图书馆，作为公共图书馆对公众开放，二十世纪初，又建立全英馆际互借制度，共享的范围逐步扩大。

而中国古代的书庵，大多数是私藏私用，并不外借，相当多的是抄本、简本、帛本甚至残卷。随着生产力和生产关系的发展，藏书渐多、渐全，但仍不可以说尽善尽美，先秦前后的典籍，大都毁于秦燔和兵燹，现存的有一些是由汉儒复制，属于二手资料，聊胜于无，也是很珍贵的了，但谈到捐阅、共享，在古中国，尚乏先例，这与当时社会状况和全民知识需求水准有关。

私人藏书有侧重，这是书庵的特点，李泌藏经，袁枚藏诗，司马光藏史，都出于个人研究的方向。现在藏书万卷的学人、编辑，已经很多了，大都也有所侧重。我研究个什么课题，还是习惯到图书馆去找。

原载 2019 年 2 月 3 日《解放日报朝花副刊》

"牛衣泣别"话读书

    读书是件寒、冷、苦的事情。什么是苦？"生不得志，攻苦食淡；孤臣孽子，卧薪尝胆"，"子卿（苏武）北海之上牧羝，重耳十九年之羁旅，呼吸生死，命如朝霞"，有人说此乃人生之大苦，信然。过去指冷寂的读书之地为"寒窗"，谓之"自甘寂寞"，"坐冷板凳"。甚至因读书导致贫穷，那就更苦。朱买臣光读书不上班，导致家贫，只好以砍柴为业，卖柴时还手不释卷，妻以为羞，和他离了婚。家境较好的读书人，读闲书打发日子，觉得快乐，那是另一种读法，但要是换一个环境，就不会是"羲皇上人"了。

    汉王章长安赶考，与妻共居。没有被子盖，睡牛衣中，章读书想当官，中状元，结果赶考前病倒了，想起自己命运不好，自料必死，与妻子相拥泣别。与其这样，何必下那死功夫！

奥地利作家斯蒂芬·茨威格的小说《象棋的故事》里有个 B 博士，被关押在纳粹集中营里，精神备受折磨。他竟趁一次候审的机会，偷来一本棋谱，悉心研读起来。从此在象棋技艺上大获启发，出狱后成了赫赫有名的象棋冠军，铁窗苦读改变了他的一生。这是外国小说里的故事，说明逆境苦读，也有成就的机会。

但发愤攻读，总有收获的时候，这样来看，读书又何尝不是一件苦中有乐的事情呢？皓首穷经，那是很高层次的阅读，包括索引、考证、爬罗剔抉，穷究其源，常常"不知明镜里，何日得秋霜"。虽然苦，衣带渐宽，人亦憔悴，却是积累了一笔丰厚的精神财富。平常读书，孜孜不倦，能够明理，升华情操，就是常说的"开卷有益"。

读书为做官，是功利性很强的目的，"春风得意马蹄疾，一日看尽长安花。"，"白马挂金鞍，骑出万人看。借问谁家子，读书人做官"，如此艰辛，一旦受挫，不哭才怪。

读《红楼梦》是赏心乐事，但要考证渊源，就得吃苦。读小说，读"动漫"，读某名人的生活琐事，与读有关本业的东西是不同的。但有些"快乐"的"热门"书，读不读都可以，有些坐冷板凳的书，却是花钱也应买来读。"本来，有关本业的东西，是无论怎样节衣缩食也应该购买的，试看绿林强盗，怎样不惜钱财以买盒子炮，就可知道。"（鲁迅《致赵家璧》）。这样一来，自讨苦吃，苦中求乐，就成了中国读书人的习惯。

现在超市里成堆的装潢很漂亮的"经商指南"、"炒股要道"、"动脑筋急转弯"以及"风水先生""升官秘籍"……进口纸，烫金字，还有密封卷——先拿钱后开卷。买不起，读了也无益，无异于"新袋子里的酸酒，红纸包里的烂肉，那结果，是吃得胸口痒痒的，好像要呕吐"（鲁迅《我们要当批评家》）。

有些书店，金碧辉煌，有如皇宫，书多如梯，包装也是极漂亮的，究竟是"高级营养"，还是刻意做作，从生意惨淡看，我觉得那倒反而不是读书的环境。

现在情况不同了，读书讲务实，学以致用，学以增长知识。深圳图书馆专为盲人设置阅读器，虽然有待完善，但已经可以看到不少盲人光顾图书馆，在盲人阅览室学习用电子、光学阅览器读书，看报。

不妨说，读书本身的冷热都不是坏事，关键是能学到知识。佛教禅宗的北渐南顿，就是讲悟道的殊途而同归。能悟道，十字街头也能参禅，不能悟道，把经书读破，也不会有收获。用功之妙，存乎一心。"躲进小楼成一统，管它冬夏与春秋"，读书应作如是观，平心静气，如琢如磨，如切如磋，弱水三千，取一瓢饮，然后甘苦自知。适当搞一些是有益的读书活动，爱书活动，走出书斋，参加一些交流，不无好处，但不能"大呼隆"，"活动"一多，一"化"起来，我不知真正的读书人如何打发这些日子。

读书何时有过"爆冷门"的事？很少。因为读书是实实在在、平平静静、持之以恒、摈弃功利的事情，更不是花里胡哨的摆弄。只说清朝因康熙看重读书人，遂使读书成为"时尚"，有人即使不读书，出门时也刻意将嘴唇涂黑，这叫装门面，佯装清高，表示吮过笔头，是很有身份的人。——这是清代读书的"爆冷门"（热效应），并非实实在在求知。与牛衣泣别毕竟是两个时代的事，风气也自然迥然有别。

原载 2016 年 9 月 24 日《新民晚报》

老是老，庄是庄

宋志坚的《孔孟毕竟是两家》，指出孔、孟学说的异同，认为孔子和孟子的思想精髓，原本不能混为一谈。我很同意这个观点。就我的肤浅认识，孔子思想的一个重要方面就是重教化，而孟子提倡仁爱，"教"和"仁"是两个不同的思想体系，虽然都是治国平天下的重要理论，但在阐述和认识方面，是不尽相同的。孔子更多地寄希望于"上智""人和"，不遗余力地争取权贵采纳自己的政治主张。而孟子的"仁"所关注的是民生的现状，与当朝的君主简直没有妥协的余地。把两者混为一谈，是学术上的偷懒，其后果是把研究的问题庸俗化，概念化，不利于向更深的层面拥火前行。

这还使我想到了另一个拉郎配:"老庄哲学"。

在一些文章和讲话中,时不时出现"老庄"的说法(与简称"老、庄"不同),甚至把隐逸、避世、道教的一些教宗,统统归于"老庄",这也是不太负责任的。

老子的思想核心是道法自然,他的"无为"是为了更多的有为,有韬光养晦的味道。他的所谓"无争",实际上也是一种争,是很有水平的"争",无为而为,无争而争。这种"柔道",像水一样,"水善利万物而不争,处众人之所恶,故几近于道。居善地,心善渊,与善仁,言善信,政善治,动善时,事善能。夫唯不争,故无尤。"他从事物的正反关系中提炼辩证法,如祸福、阴阳、巧拙、智愚、雌雄、刚柔、进退等等,为"无为"的理论找到依据。

而庄子虽然也道法自然,"天地有大美而不言,四时有明法而不议,万物有成理而不说"可以看出他的自然观,但他更多地是强调"适志",在对人生的认识上,他跟老子还是不同的。

楚威王给他高薪,请他做官,他认为是玷污

他的人格，是把他当祭神的牺牛。"我宁游戏污渎之中自快，无为有国者所羁，终身不仕，以快吾志焉。"司马迁评价他"其言洸洋自恣以适己，故自王公大人不能器之。"他是整个儿的"无为"，"无争"，以求快适。当过一回漆园吏，整天睡觉，没几天就提出辞职。

胡适曾将孔子的"教"比做"father's policy"（爸爸政策），将孟子的"仁"比做"mother's policy"（妈妈政策），说明两个理论基本观点不尽相同。而老子的修身之道，有一个著名理论，就是"复归于婴儿"（专气致柔，能如婴儿乎）。婴儿是纯真的，眼睛亮晶晶，心地纯洁无瑕，比一切道德修养的境界都要高洁。他说道德修养的至高境界，就是复归于婴儿。

在这一点上，庄子的"忘我物化"境界，也与老子不同。他有两个故事，一是妻子死后，他不但不感到伤心，反而"鼓盆而歌"，他的解释是"人且偃然，寝于巨室，而我噭噭然，随而哭之，自以为不通乎命，故止也"。他所说的"通乎命"，即是他认为世间万物，气变而成形，形变而成生命，百年之后又变而为死，这样就好比春夏秋冬循环往复一样。妻子已经回归自然，安然回到大自然的怀抱，甜蜜酣睡，我庄周悲而哭泣，是何等的不明智！所以弄个盆子敲打，为她的死放歌。这种"物化"的见解，与佛教的轮回理论相似。二是梦蝶。"昔者庄周梦为蝴蝶，栩栩然蝴蝶也，自喻适志欤，不知周也。俄然觉，则蘧蘧然周也。不知周之梦为蝴蝶欤？蝴蝶之梦周欤？周与蝴蝶则必有分也，此之谓'物化'。"他认为不但人可以复归自然，然后又聚气成形，还能异化成其他生命。他做的蝴蝶梦，表明他追求无羁自适的理想，比照他的"以有涯随无涯，殆矣"，可以发现他的"无为"观与他的老师迥异。所以当老子听说他梦蝶，告诉他：你的前身就是一只白色的蝴蝶时，他很为之得意。

从"father"到"mother"，到婴儿，到蝴蝶，可见先哲们的理论各异其趣，各有自己的见解，深厚的底蕴。既要研究，就不能一概而论。把他们装到一个盒子里，打上一个标签。这样简单的做法，很难称之为学问。如果世界上有两个完全相同的理论，可以并为一谈，那还叫理论吗？

原载《文汇报·笔会》

"金兔"的误导

想出书吗？听说英国文坛四十年前一段公案，有一位"著名"儿童文学作家，在他的《蒙面舞会》出版发行前几天，他用纯金铸成一只二十公分长的兔子，并用六块宝石加以装饰，放在一只磁盒中，用蜡封好，在一位证人的陪同下把这只金兔埋在英国的某个地方，然后宣称在他的新书里有这只金兔埋在何处的暗示，只要买来这本书，就有机会获取金兔。一时间，英国到处被挖得坑坑洼洼，最后被四十八岁的肯·托马斯挖到。而这次"活动"使他的书一下子畅销一百多万册。

好生奇怪！这样出书，也是费尽心机，机关算尽。正如鲁迅先生所说：这样的作家、诗人，他是把酒杯放在桌面上，把算盘放在抽屉里，不，放在心里。

读过一些书，有点感想，觉得好的文学作品往往从小处着手，展现辉煌。再就是读名著也不能一概重名，席勒擅写神化的人物，比之歌德笔下浑身污垢的下层社会人物，艺术描绘上就不免显得容易些，从这点上，不如去读歌德的作品。

在无名氏的《天方夜谭》中，所出场的人物都是与阿里巴巴有瓜葛的乞丐、强盗、穷人和穷人的女儿、"老爷"，没有一个官员，只有两个铁笼子作为官方的象征，一个关着强盗，一个关着"老爷"。作者选取的角度很新奇，他站在贫穷人的一边，借穷人的眼光，去看统治者——好人和坏人共同的老爷。每每回忆这些作品，都有深刻的印象，好多年后，情节和人物都难以忘记，清晰如昨，仍像磁石一样吸引着我。又如莫言的《红高粱》，所描写的农民、土地、故事，都不是"重大题材"，但透过这些故事，这些形象，表现了人的命运是如何与社会的命运紧紧联系起来的，那种黄土地上的人与人、人与土地的情结，演绎着一个民族的进化史。我读这些并非煌煌大著时，心情是膜拜的，我想作家在构思这样一个故事时，花费的是泪水和心血，他不会把算盘装在心里，也不会把金兔子埋在地里，号召读者去满世界寻觅。

成就一番事业，并不容易，所谓市场经济，在很多领域，尤其在意识形态、文化传统、人际关系领域，是没有"表率"价值的。这段公案说明，不能用商人的思维方式来进行创作和"出名"，那样会适得其反。"李杜文章在，光焰万丈长。"李杜当初也未梦想"提高知名度"，并且"惟此两夫子，家居率荒凉。"（韩愈）其"名"之所成，积历史与造化之功，非一日之寒，诚如华山之险，泰山之雄，黄山之奇，峨嵋之秀……任何一部名著，或一位名人，其成名的历程，都是把金钱、功利抛得远远的。纯功利性的写作，还谈得上什么品尝和阅读？

写《盐铁论》的古人桓宽，有个很生动的比方：毛嫱天下之娇人，她要靠香泽脂粉而后容，周公天下之至圣人，他要靠贤士学问而后通。"名气"只是一种"气场"，要看实际的东西。

原载《文汇读书周报》

太像不是艺

马克思说，只有懂音乐，才能欣赏音乐，音乐的美，是要传达给它的接受对象的。假如失聪，或耳朵听不懂音乐，欣赏音乐美就无从谈起，更谈不上创作。禅宗故事里说到的四川僧人方辩，是个搞雕塑的，他很崇拜六祖慧能，专程跑到广东，要给他塑像。慧能先是不肯，方辩再三要求，他才勉强同意让方辩先塑一个样子看看。结果塑出来高可七尺，可谓曲尽其妙，但慧能看了却不满意，说了一句"汝善塑性，不善佛性"，酬以衣物，打发他走（《五灯会元》卷引）。慧能目不识丁，但对诸佛妙理能心领神会，对雕塑的传神作用很讲究，认为塑佛就应该懂得佛，懂得美，其作品才有佛性，才有传神的作用。这

里，慧能就是马克思所认为的"耳朵"灵敏
的人。

　　方辩的失败，在于判断的失误。莱奥纳多在
《绘画论》里讲过："作品超越了判断，那是更
糟。判断超越了作品才是完美。如果一个青年觉
得有这种情形，无疑地他是一个出色的艺术家，
他的作品不会多，但饱含着优点。""由你的判断
或别人的判断，使你发现你的作品中有何缺点，
你应当改正，而不应当把这样一件作品陈列在公
众面前。你决不要想在别件作品中再行改正而宽
恕了自己。绘画并不像音乐般会隐灭。你的画将
永远在那里证明你的愚昧。"

　　傅雷在评价《梦娜丽莎》这幅画时，写道：
"然而吸引你的，就是这神秘，因为她的美貌，
你永远忘不掉她的面容，于是你就仿佛在听一曲
神妙的音乐，对象的表情和含义，完全跟了你的
情绪在转移，你悲哀吗？这微笑就变成感伤的，
和你一起悲哀了。你快乐吗？她的口角似乎在牵
动，笑容在扩大，她面前的世界好像与你的同样
光明同样欢乐。""乔尔乔内（giorgione，意大利
威尼斯画派画家）的《牧歌》中那个奏手风琴者
的手是如何瘦削如何紧张，指明他在社会上的地

位与职业，并表现演奏时的筋肉的姿势，梦娜·丽莎的手，沉静地，单纯地，安放在膝上。这是作品中神秘气息的遥远的余波。"方辩当时在一大堆沙土、麻布、药泥和胶漆面前，是受一种完成塑佛的崇拜的急切的心情驱使，但对六祖身上的特质亦即佛性，缺乏应有的判断和观察，缺乏细致缜密的思索，他对每一个细节，都应该经过长久的寻思，应该给自己一个袖手于前的空间，但他没能做到。

当然，方辩并没有马上离开，而是皈依慧能，从玄宗二年到玄宗十年，用了八年的时间随其左右，细心观察，悉心思索，体会"佛性"，直至六祖圆寂，决心完成一尊六祖本人满意的塑像。有传说六祖的真身是方辩所塑，说是当时六祖在神龛中跏趺而化，腿足盘结，双手迭置腹前，极似入定，抬首，闭目，颇显高僧气质，方辩在场见了，觉得这坐像端形不散，集中表现了高僧自悟得道、多思善辩的特点，于是灵感奔涌，即兴创作，"蜀僧方辩塑小样，真肖同畴"（《宋高僧传》卷引），是否属实，有待考证。

按，隋唐时期，塑像叫捏塑，也叫塑真，不叫雕塑。制作过程也与现在不同，是先将粘土捏成像芯，在像芯的外表裹以麻布，然后涂漆，待漆干后又裹一层布，布上涂（檀）香木粉和漆调成的糊料，边涂边细心加工和润色，等糊料干燥、外形胶固后，便将泥芯打碎取出，在内空支以木架或铁架，最后便是着色。

据说南华寺的灵照塔内过去保存了三件宝物：达摩所赠信衣，中宗所赐磨衲宝，方辩塑真道具，现在都已荡然无存。可见当时方辩塑佛是非常有影响的，被当作大事来纪念，这也确是中国雕塑史上的一件大事。

中国出现雕塑艺术，比意大利文艺复兴时期早二千多年。隋唐时期有用雕塑制偶，供人顶礼膜拜，尽管有一些艺术表现手法，但却保守，写实，缺乏感染力，属于一种实用主义的雕塑艺术，不同于罗马。罗马是宗教之都，有不少雕塑作品也是以宗教故事为依据，但其雕塑多是开放的表现手法，包含奇妙、生动的细部语言，而非制偶。

成功的雕塑，应该有移情作用，能使观者与雕塑所传达的无声的、神秘的气息交流，从而获得哲理的启发和美的享受，这便是艺术力量"遥远的余波"。

　　无独有偶，罗马教皇也让人为他作一幅画像，非常逼真，他看后，说了一句话："过于像了！"赏给画家一枚金币，金币上刻有四个字："十分真实"。他相貌很丑，年纪又老，看上去有些"色厉"，画家确实把这些真实地表现出来了。但除此之外，教皇还是个法律学者，而且很会数学，这个内在的气质，画像里却没有得到很好的表现。所以画作虽然打了十分，但过于生活化，未免匠气太重。

　　英国戏剧家、诗人莎士比亚也绘有肖像，画家是马丁·特罗斯霍特，他在一六二三年对开本所作的第一幅莎士比亚木刻肖像，就不成功，这幅肖像没能反映出莎士比亚这样丰富而又巨人式的个性。本·琼生（Ben Jonson，约 1572 年 6 月 11 日—1637 年 8 月 6 日，英格兰文艺复兴剧作家、诗人和演员）为此肖像配了一首诗，写得很机智俏皮：

　　　　"你在木刻上看到的是莎士比亚外在的特点。艺术家竭尽所能地力求与自然作一争竞。啊，如果他能在铜版上雕刻出面貌而又能保持才智之士固有的特色，他就会是真正的伟人！然而，他不能；因而我要向大家进一言：看书，不看肖像。

　　莎士比亚的灵魂思想和心肠体现在他的作品里。他在其中把一切向我们袒露。"（引自阿尼克斯特《莎士比亚传》）

　　本·琼生的另一段话，写得更是生动，是真正的崇仰，不妨抄录如下：

　　"我的莎士比亚，起来吧；我不想安置你在乔叟、斯宾塞身边，波蒙也不必躺开一点儿，给你腾出个铺位：你是不需要陵墓的一个纪念碑，你还是活着的，只要你的书还在，只要我们会读书，会说出好歹。"（同上）

　　这与罗马教皇和六祖的看法几近一致，看重的是攫神，是精神的传达。

　　但并不是所有评价，都能用肖像或雕塑来表达。这就是钱锺书先生所说的，"巴东三峡巫峡长，猿鸣三声泪沾裳"，"猿鸣一声"可以在画里表现，而"三声"就无法表现出来，绘画能表达

"空间的"平列，而无法表达"时间的"后继
（钱锺书《读〈拉奥孔〉》）。

　　中国戏谚说："不像不是戏，太像不是艺。"
用到这里，真是恰如其分。演员扮演角色，首先
要像，不像，观众不买账，而作为艺术，又不能
太像，这就是说的"神似"。丝丝入扣，反而失
去所要表达的"性"，正是六祖所说："汝善塑
性，不善佛性"。

　　　　原载 2017 年 2 月 27 日《文汇报·笔会》

王维的《卧雪图》

人们对中国盛唐时期王维的诗与画，评价甚多，称他"诗中有画，画中有诗"，因为富有禅意，又称他为诗佛。他确实与佛教有一定的缘分，一生崇拜维摩诘，并以维摩诘自诩。

维摩诘（梵文 Vimalakīrti，音译：维摩罗诘、毗摩罗诘、略称维摩或维摩诘；意译为净名、无垢称，意思是以洁净、没有染污而著称的人。"维"是"没有"之意，"摩"是"脏"，而"诘"是"匀称"。即为无垢），早期佛教著名居士、在家菩萨。

据《维摩诘经》讲，维摩诘是古印度毗舍离地方的一个富翁，家有万贯，奴婢成群。但是，他勤于攻读，虔诚修行，能够"处相而不住相"，

"对境而不生境"，得圣果成就，被称为菩萨。维摩诘辩才好，慈悲随和，受到街坊居民们的爱戴。他的妻子貌美，名叫无垢，有一双儿女，子名善思童子，女名月上女，皆具宿世善根。一家四口，平日以法自娱。善思童子还在襁褓中时，即能与佛及诸大弟子问答妙义。

他往来于各阶层，经商讲信用，甚至出入各种声色场所，提供修行人治病的妙药良方，随缘度众，宣扬大乘佛教的教义，强调"烦恼即菩提，不离生死而住涅槃"的不二法门。

唐朝时候，王维的母亲奉信维摩诘，王维也受维摩诘世间出世间不二境界的思想影响，认为"佛法在世间，不离世间觉"，身为居士，具足恒沙烦恼，也可以得法。出世入世一切法没有分别，也能至解脱境界。"火中生莲华，是可谓希有。在欲而行禅，希有亦如是。"他把这一理论融入自己的诗画创作里，使作品具有清逸、空灵、超脱的意境。

王维的诗，已有许多文章论及，我想就他的画谈点自己的心得。

钱锺书说王维是神韵诗派的宗师，而且是南宗禅最早的一位信奉者。《神会和尚遗集·

语录第一残卷》记载"侍御史王维在临湍驿中问和上若为修道"的对话，这个地位已经很不一般。他的诗、禅、画三者合一，苏东坡说"维摩诘之诗，诗中有画；观摩诘之画，画中有诗。"

特别是自唐以来，评价王维的画，多以"不问四时"崇之。沈括在《梦溪笔谈》引唐张彦远画评言，说王维画花"往往以桃杏芙蓉莲花同画一景"，没有春夏秋冬之分。有名的《卧雪图》，画出雪中有芭蕉，传播久远，被认为是"名言两忘，色相俱泯"的奇作。正像他的诗《积雨辋川庄作》里所描绘的"积雨空林烟火迟，蒸藜炊黍饷东菑。漠漠水田飞白鹭，阴阴夏木啭黄鹂。山中习静观朝槿，松下清斋折露葵。野老与人争席罢，海鸥何事更相疑"，白鹭、黄鹂、野老形成一幅和谐的画面，情感平淡自然，没有那种感时的情感渲染。

人们通常只说"书画同源"，认为书法与绘画，技法与精神是相通的。而诗与画，关系也是如此。有"诗是无形画，画是有形诗"，"画是无声诗，诗是有声画"之谓。外国还有说"画是哑巴诗，诗是盲人画"。钱锺书说"诗画作为孪生姊妹是西方古代文艺理论的一块奠基石，也就是莱辛所要扫除的一块绊脚石，因为由他看来，诗、画各有各的面貌衣饰，是'绝不争风吃醋的姊妹'（keine eifersüchtige schwester）"。（《中国诗与中国画》）比如"巴东三峡巫峡长，猿鸣三声泪沾裳。"如果作画，就只能表现"一声"，"三声"如何表现？这"就是莱辛的所谓绘画只表达空间里的平列（nebeneinander），不表达时间上的后继（nacheinander）。所以，'画人'画'一水'加'两厓'的排列易，他画'一'而'两'、'两'而'三'的'三声'继续'难'。"（钱锺书《读〈拉奥孔〉》）他在这篇文章里对此有更为详尽的论述。

用莱辛的理论解释王维的画作，就无疑酱入就画论画的泥沼。

《卧雪图》虽然已经失传，但"雪中芭蕉"至今仍是个谜一样的话题，出现许多的猜测。"芭蕉乃商飙速朽之物，岂能凌冬不凋乎？"猜度此画"比喻沙门不坏之身，四时保其坚固也。"（金农《冬心集拾遗·杂画题记》）这样的猜度，颇有些令人费解。照此解释，就得回到莱辛的理论上去。对这种反常的、不合逻辑的画面，做望文生义的解释，显然是未读懂作者的心迹。

　　我观《卧雪图》雪中芭蕉，虽是"商飙速朽之物"，不能凌冬而不凋，何以在雪中郁郁青青，不知岁寒之险恶？这个思路，不能再往前走，否则进了死胡同。我理解此画意，是弘扬维摩诘世间与出世间不二法门。从表象上，无论何物，同处于世间，不离世间觉；从内涵上，无论愁苦（芭蕉自古为愁苦的象征，"无风无月晓梦长，起舞清影弄霓裳。芭蕉叶上无愁雨，只是听时人断肠"云云，谓具足世间愁苦）、欢乐、贫寒、富有，都将出世间，也都可以修成正果。"烦恼即是菩提，不离生死而住涅槃"，这种不二境界，在寒雪中得以昭彰。

　　正如维摩诘所言：尽管我在世俗中生活，但家人不纯粹是家人，"我母为智慧，我父度众生，我妻是从修行中得到的法喜。女儿代表慈悲心，儿子代表善心。我有家，但以佛性为屋舍。我的弟子就是一切众生，我的朋友是各种不同的修行法门，就连在我周围献艺的美女，也是四种摄化众生的方便。"维摩诘即便有妻有子过世俗生活，他也能和平共处，无垢相称，自得解脱。——这就是《卧雪图》所要解说的不二境界。

关于芭蕉，还有一层含义。在古印度，大乘经是书写在树叶上的，被称之为"贝叶"。近代诗僧苏曼殊曾有一段考据文字：

> "三斯克烈多"（Sanskrit，梵字）者，环球最古之文字，大乘经典俱用之。近人不察，谓大乘经为巴利文，而不知小乘间用之耳。……就各种字中，'那迦离'（Nagari）最为重要，盖'三斯克烈多'文，多以那迦离誊写；至十一世纪勒石镌刻，则全用那迦离矣。
>
> "天竺古昔，俱剥红柳皮即柽皮，或棕榈叶即贝叶作书。初，天竺西北境须弥山即喜马拉雅山，其上多红柳森林，及后延及中天竺，东天竺，西天竺等处，皆用红柳皮作书。最初发现之'三斯克烈多'文，系镌红柳皮上，此可证古昔所用材料矣。及后回部侵入，始用纸作书，而柽皮贝叶废矣。惟南天仍常用之，意勿忘本耳。柽皮贝叶，乃用绳索贯其中间单孔联之，故梵土以缬结及线名典籍为'素怛缆'或'修多罗'，即此意也。牛羊皮革等，梵方向禁用之，盖恶其

不洁。"

（《致玛德利（马德里 Madrid）庄湘处
士的信》）

苏曼殊这一段考据，就很明白地说明最早
的大乘经是用古老的梵文字书写在红柳树皮上
或棕榈叶和其他树叶上，桼皮贝叶，即指红柳
皮。书写后用绳索穿贯其中间单孔，联在一
起，珍藏起来，阅读时十分小心。梵方人认为
用牛羊的皮革抄写经书不洁净，被禁止使用，
故以树皮或叶子书写，即现今所谓贝叶。而芭
蕉叶也在使用之列，唐人多用芭蕉叶作为书写
材料，至大乘经传入中土之后，仍有以芭蕉叶
抄写的。《卧雪图》以芭蕉苍翠立雪，也有大
乘经入画的禅意在。

对王维诗画的"不问四时"，可以看出他对
维摩诘不二境界的领悟之深刻，他的画，整个儿
是一幅幅超然世间也超然时空的空灵洁净的觉
悟，对王维的《卧雪图》，我作如是观。

原载 2015 年 6 月 24 日《文汇报·笔会》

锺 馗 散 说

　　蒲松龄写《聊斋志异》，是假托狐鬼，"以抒孤愤而谂识者"。在文章憎命的古代，用这种志异的手法写小说，是很常见的，并不是蒲老先生的发明。这位屡试不中，"一生遭尽揶揄笑"的作家，对封建社会里的知识分子的际遇和痛苦十分了解，也深有体会，画鬼描神，托物言志，使得这部作品具有神奇的魅力。

　　最近重读烟霞散人的《锺馗斩鬼传》，也是写鬼的，但不同的是，鬼中还有打鬼杀鬼的"英雄"，这"英雄"便是锺馗。

　　关于锺馗，传说纷纭。沈括《梦溪笔谈》记载：唐明皇病中梦见一大鬼捉住一小鬼，抠目而啖之，自称是不第的武举锺馗，誓除天下妖孽。

唐明皇醒后，病也好了。于是召见吴道子，授意作锺馗像：赤足袒臂，目睹蝙蝠，手持宝剑，捉一小鬼，以此批告天下，共庆太平。也有资料说锺馗确有其人，是个秀才，在湖南鄪县当过县知事，办过许多好事。但因为相貌丑陋，进京赶考虽然名列榜首，未得到录用，一气之下，以头触柱而死。死后到阴间，被阎王封为"打鬼英雄"。

在《锺馗斩鬼传》里，说法有些不同：锺馗字正南，陕西秦岭人，才华出众，但相貌丑陋。唐德宗当政时，锺馗进京应试，考中头名状元，但德宗皇帝听信卢杞的谗言，以貌取人，欲将锺馗逐出龙庭。锺馗气短，自刎而死，到地府后当了"驱魔大神"。两说身世一样，惟籍贯不同。当然也还有其他不同的说法。中国的民间传说，有一个共同的特点，就是版本很多而情节大致相同。

《斩鬼传》说，锺馗到了阴曹地府后，受到阎君的接见。阎君把一批"难治之鬼"的花名册交给锺馗，说："此等鬼最难处治，欲行之以法制，彼无犯罪之名；欲彰之以报应，又无得罪之状也。曾差鬼卒稽查，大都是习染成性之罪孽。"这阎王很圆滑，他无法整治，便推给锺馗。不过他有他的难言之隐，他认为所谓"难治之鬼"，"倒是阳间最多"，"大凡人鬼之分，只在方寸之间。方寸正的，鬼可为神，方寸不正的，人即为鬼"，难治的症结也就在这个方寸上。

方寸者，心也。心不正则眸子眊，看人带偏见，开口说鬼话，办事尽捣蛋，此"人即为鬼"之鬼也。如嫉贤妒能，搬弄是非，见风使舵，吹牛拍马，……阳间确不乏其人。锺馗就是遭此"鬼"打过。所以他慨然受命，接过花名册，怒目圆睁，咬碎钢牙，"打"得非常卖劲。

小说家言，总是不乏穿凿附会，生发人事。在《梦溪笔谈》里，有说锺馗是女性："岁首画锺馗于门，不知起自何时，皇祐中，金陵发一冢，有石志，乃宋宗悫母郑夫人。宗悫有妹名锺馗。则知锺馗之设亦远。"（《梦溪笔谈卷二十四·杂志一》），也只能聊备一说，仅以名同，张馗、李馗等等，亦未可知。

锺馗形象的主要表现形式是绘画，从吴道子作画张贴千家万户，锺馗的形象就广为人知。主要是水墨画，也有瓷画、木刻（拓片）、石刻、石雕、泥塑、陶塑、剪纸……有锺馗出游、锺馗嫁妹、锺馗骑鬼、寒林锺馗、锺馗杀鬼、锺馗读书、锺馗搔背……不管姿势服饰、故事情节怎么变化，其相貌的丑陋，疾恶如仇的心理，几乎是一致的。虬髯惊目，佩剑执笏，袒胸露臂，威风凛凛，鬼见胆寒。而不第的身世，令他疾恶如仇，使这个驱鬼大神的形象有血有肉，栩栩如生。说明艺术的力量，存在于个性之中。

锺馗的"职责"是打鬼，在各种艺术作品中，打法也不尽相同。执剑斩鬼的，罚鬼干活的，挖鬼的眼珠子放进嘴里嚼的，命鬼倒酒给他喝的……招数很多。惟刳目而食（挖眼珠子吃）显得最解恨。吴道子的画作中，锺馗是以食指抠鬼的眼珠子，几百年后，蜀后主王衍认为用右手食指刳目，不如改用拇指更有力一些，于是要画家黄筌将吴道子的画改一下。黄筌觉得随便改动一个手指头，与原作的气韵神态不合，只好重新画一幅，把锺馗用食指抠鬼的眼珠子改为用拇指挖进鬼的眼眶，抠出眼珠子。这样一改，更能表现锺馗的疾恶如仇。而吴道子的原作并未改动，这样两个版本各有千秋，互为轩轾，流传于世。

十年前，我在湖南酃县文物所见到一块刻有锺馗画像的石碑，阴阳两面形象不同，阳面为文像，阴面是武像；阳指锺馗活着的时候是个秀才，阴为锺馗死后成了驱魔大将军。阳面为阳刻，阴面为阴刻，大抵为了拓片也有阴阳效果。遗憾的是，阳面在“文革”中被一农民用锄头挖坏，文像已无法得见。阴面的武像保存尚好，魁梧无比，骑一怪兽，像是麒麟，手持宝剑，双目如炬，栩栩如生。石碑曾被用来铺路，被当地一村民发现，才由县文物所收藏起来。碑的上方正中留有一方空白，据说古代凡在鄠县当过县令的官员，退休时总要拓一张锺馗画像，钤上鄠县县府的大印，揣在身边，以明驱鬼之志。这个习俗一直到民国初期还在沿袭，很可能与锺馗在鄠县做过县令的传说有关，石碑上方中央的空白，大抵给钤县府大印预留的吧。

原载《文汇报·笔会》

响当当的铜豌豆

——关汉卿与元杂剧

　　研究中国戏剧史，必须了解元杂剧，而研究元杂剧，必须了解关汉卿。

　　中国戏剧的发展，是渐进式的，"三百篇亡而后有骚赋；骚赋难入乐而后有古乐府；古乐府不入俗而后以唐绝句为乐府；绝句少宛转而后有词；词不快北耳而后有北曲；北曲不谐南耳而后有南曲。"（吴讷《文章辨体序说》）南曲以后，就开始孕育了戏曲，而元杂剧则是戏曲的初胚。

　　元杂剧盖指产生于宋端平三年（1234 年）至元顺帝至正二十七年（1367 年）的一百余年间的杂剧的全部。因为组成成分很杂，所以称杂剧。它吸收宋戏文和傀儡、影戏话本特点而有了说白和剧情，吸收诸宫调、唱赚等散曲的特点而有了词曲。简言之，是"诸宫调"的曲牌，穿上了戏装，仿照宋戏文（木偶、皮影话本），演出新编的人物故事。杂剧初始甚至带着很浓厚的叙事歌舞的成分，如关汉卿的《单刀会》周仓的跳舞，就还保留歌舞的元素。王国维对此亦有评说："元曲之佳处何在？一言以蔽之，曰：自然而已矣。……以意兴之所至为之，以自娱娱人。关目之拙劣，所不问也；思想之卑陋，所不讳也；人物之矛盾，所不顾也。……故谓元曲为中国最自然之文学，无不可也。"（《宋元戏曲史》）

关于关汉卿，他的生平和创作情况，史料甚少，要深入研究这位艺术家，有一定困难。

现在所能知道的，只有锺嗣成的《录鬼簿》，把关汉卿作为"已死名公才人"录入篇首，这本"鬼册"成于至顺元年（1330年），郑振铎在《图本中国文学史》（人民文学出版社）中考证关汉卿卒年，"至迟当在1300之前。其生年，至迟当在金亡之前的二十年（即公元1214年）。"根据这个考证，关汉卿大约活了86岁。

关汉卿的杂剧创作成果是很丰硕的，至于创作活动，史料也不多见。现今所知，大致可以分为两部分，前期在大都（北京），后期在杭州。后期的创作，大约在元灭宋以后，或从此定居杭州也很难说。

在金时，关汉卿官位不显，任太医院尹，太医院当时是官衙，尹也是官衔，负责人的意思，可合称"医务专干"。太医院也非一般私人诊所，是专给内廷看病的"注册医生"。但他在这个官位上干了些什么，干得怎样？是通过科考还是医眷世袭关系取得职位？已无从查考。目前的资料只能知道，他大抵是在杭州时期，辞去太医院尹之职，专事戏剧创作的。——当时有两种情况使得才子们"下海"，一种是政治环境比较宽松，经济比较发达，交通便利，农民生活相对富裕，与六朝时期的情况相似，由此带来文化的繁荣，促进了戏剧的发展，一些才人纷纷走向勾栏瓦舍，为艺人写剧本，供他们演出。因为是专业创作，在艺人圈子里结交朋友，甚至成为知己；还有一种是厌恶官场明争暗斗，郁郁不得志者，弃政或弃商，加之科考停止，前途无望，遂从民间讨生活，用一技之长，在众里寻觅知音，寄托安慰。这两种情况，对关汉卿创作生涯，都有一定的影响。他在《南吕·一枝花·不服老》写道：

"我是个蒸不烂、煮不熟、槌不匾、炒不爆、响当当一粒铜豌豆；恁子弟每谁教你钻入他锄不断、斫不下、解不开、顿不脱、慢腾腾千层锦套头。我玩的是梁园月，饮的是东京酒，赏的是洛阳花，攀的是章台柳。我也会围棋、会蹴踘、会打围、会插科、会歌舞、会吹弹、会燕作、会吟诗、会双陆。你便是落了我牙，歪了我嘴，瘸了我腿，折了我手，天赐与我这几般儿歹症候，尚兀自不肯休。则除是阎王亲自唤，神鬼自来勾，三魂归地府，七魄丧冥幽，天哪，那其间才不向烟花路儿上走。"

这个套曲写的，颇似当时一些才人的际遇与态度，但若说这就是关汉卿的自我表白，未免附会。即使是古人，关汉卿未必会自比浪荡公子甚至"嫖客"，混迹烟花柳巷，否则还写什么杂剧？据统计，关汉卿的作品，"于小令套曲十余首外，其全力完全注重于杂剧，所作有六十五本之多。……今古才人，似他著作力的如此健富者，殊不多见。"（郑振铎《图本中国文学史》）

我们可以以莎士比亚作比，莎翁生于1564年，卒于1616年，一生只活了52年，他的作品，除《十四行诗》外，有36部剧作之多，差

不多不到一年就完成一部剧作，其速度，关汉卿
与之相仿，这应该算是一个勤奋作家的速度，真
正的倚马可待！他的剧作中，什么样的人物都
有，"肯自己牺牲的慈母（《蝴蝶梦》）；出智计以
救友的侠妓（《救风尘》）；从容不迫，敢作敢为，
脱丈夫于危险的智妻（《望江亭》）；忠烈不屈含
冤莫伸的少女（《窦娥冤》）；美丽活泼、娇憨任
性的婢女（《调风月》）……等等。总之，无一样
的人物他是不曾写到的，且写得无不隽妙。"（郑
振铎《图本中国文学史》）而他的创作态度，也
十分的严谨。"他是一位极忠恳的艺术家，时时
刻刻的，都极忠恳的在描写着他的剧中人物，在
他剧中，看不见一毫他自己的影子。他只是忠实
地为作剧而作剧。论到描写的艺术，他实可以当
得起说是第一等。……汉卿所不善写者，惟仙佛
与'隐居乐道'的二科耳。他从不曾写过那一类
的东西。"（同上）

　　他是完全没有闲暇去"寻花问柳"的。倒是
从套曲中，让我们了解他对杂剧创作的执着和专
注，是真正的"蒸不烂、煮不熟、槌不匾、炒不
爆、响当当一粒铜豌豆"！应予注意套曲中用
"我"，正是杂剧发展的特点，在宋戏文中，男女

唱者都是用"他"来表述故事人物,而且这种演唱,多是颂圣和祭祀的内容,偶或说一点"他"的故事,并非戏曲。而杂剧演变为戏曲,剧情便有了"我"的表述。所以不能认为套曲中的"我"就是关汉卿本人自白。所谓套曲,就是把若干曲子连缀起来,表达一个主题,叫套数,也叫套曲;"南吕"即是诸宫调一种,"一枝花"和"梁州"均属这一宫调的曲牌。与现在的京剧皮黄、各种戏曲的曲牌套路颇似。故"铜豌豆"的套曲,只是一段演唱内容。并非关汉卿的所谓"自白",也"绝非东篱的一味牢骚的同流。"

1958 年,田汉先生写的话剧《关汉卿》,共计 12 场,同年由北京人艺首演,焦菊隐导演,刁光覃饰关汉卿、舒绣文饰朱帘秀。他的《窦娥冤》(《六月雪》)等等剧目以各种戏曲形式久演不衰,关汉卿是中国戏曲发展史上的丰碑,也是元杂剧的持大纛者,确是"响当当的一粒铜豌豆"。

原载 2016 年 11 月 12 日《文汇报·笔会》

戏剧谚语：久远的灯火

戏剧谚语是戏曲表演的经验总结，除了具有谚语共同的特点以外，不同剧种的谚语又各有不同的特点。如：

广东潮剧的"大板凳——位位坐得"，意指能演多种行当，"位位"，广东方言，即各种位子。这句谚语以歇后语形式出现，可见戏剧谚语的游离性比别的谚语强。

"面口生，生在眼，死面饼，死在眼"，（"面口生"，"死面饼"，广东语，指表情不到位和面无表情）；"上白米——无糠"（上等的白米没有糠）比喻唱功拙劣，腔口不佳（广东话"糠"、"腔"读音相谐），白米在这里作为借喻。

"在棚顶做六国丞相，落棚下无钱买豆酱"，潮州话的"棚",是指舞台,"棚顶"为舞台上,"落棚下"是下了舞台。

"八仙贺寿——老排场",旧时戏班为讨吉祥,演出前往往加演一个折子戏,如《八仙拜寿》、《五子登科》之类,讨个吉利。这里借喻节目的老调重弹,没有新意。

"爱看你个后,唔看你个老","后"指年轻,"唔"指不愿意,广东话是说"我要看你年轻时的表演,不愿意看你的老态。"也就是"艺术表演靠年轻时的努力"。

川剧谚语,基调是四川方言,如"世上有,戏上有;有的也有,没得的也有。""缺旦戏难演,无旦不成班","唐三千,宋八百,道不完的三列国"等等。

秦腔谚语,西北方言比较重,内容上也多以赞扬当时演员为主:"东安安、西慢板,西安唱的好乱弹。一清二簧三秦腔,细腻不过碗碗儿腔。"对西北的乱弹、碗碗儿腔表示赞美。

"同朝的影子合阳的线,二华曲子耐人看。""影子"是皮影戏,"线"是提线木偶。皮影木偶艺术曾在陕西的大荔、朝邑乃至华阴、华县(二华)、渭南一带甚为活跃。"曲子"即指晋中、陇东小调小曲，经吸收发展成的一种别具风格的"二华"（也称陕西东西路）曲调。

赞扬演员的有："老腔戏满台吼，三列国戏唱的最拿手。"（关中地区）"四红加一黑，必定《破宁国》"，赞扬朱亮祖等三个红生和常遇春一个黑面大净演出《破宁国》很精彩。

如"要唱文，《渔家乐》，要唱武，《长坂坡》，不文不武《闹山河》"。意指此三戏受欢迎。

"坡南出了个驴子欢（吕志谦，同州梆子的名艺人），一声都能吼破天。不唱戏，没盘缠，跟上李瞎子（李自成）过潼关。唱红了南京和燕山，不料一命丧外边。"谚语概括了当红艺人吕志谦的流落一生，说他身怀绝技，因潦倒无着，跟着李自成过陕东，唱红半个中国，但再没有回到西北，李自成失败后，吕志谦客死他乡（李自成外号李瞎子，眼睛受过伤，视力不好，起义失败后出家当了和尚）。这种以谚语形式说道艺人生平的还不多见，是秦腔戏谚的特点。又有"同州府、大荔县，出了个水玲儿一巧旦。会运浆、能舞剑，执火棍、打焦赞，扮贺后、去骂殿。这些好处不上算，一扎场面七回变。"这个旦角水玲儿究竟是谁，已无法考证。同州梆子又称东路秦腔，形成于陕西省关中东部以大荔县（旧同州府治）为中心的十数县。因伴奏乐器中采用枣木梆子击节，发"咣、咣"声，又称"咣咣乱弹"，水玲儿可能是当时咣咣乱弹唱得好的艺人。

"三丑有特长，易俗社苏，马、汤"（苏牖氏，马平民，汤涤俗），易俗社是陕西有名的秦腔剧社，鲁迅先生当年去看过易俗社的秦腔。

"字不正、腔不圆，一辈子唱戏都是粘、粘、粘。"（陕西方言读 ran）

越剧的"千生万旦，一净难求。"越剧的女花脸，历来人才短缺。

"为口饭，落个难"，"台上笑脸迎，台下泪暗吞"，过去越剧相比其他剧种，更难讨生活，从艺如落难，到老无着落。所以艺人们说是"唱戏唱到死，没有铜钱买烧纸。"但是艺人们有很好的敬业精神，干一行精一行，"台下宁让一寸金，台上不让半分春"，一丝不苟，出了不少优秀演员。

戏剧谚语的形态，并不一致，各有所述，各有所据。涉及表演、器乐、艺德、砌末（服装道具）、生涯、人品、声口，等等方面。但不管哪方面，由于是经年积累所成，专业性很强，无法相互套用。如"丝罗包穷骨，老来叫化坏"、"在棚顶做六国丞相，落棚下无钱买豆酱"都是有所专指。再如"要邋遢的干净，不要干净的邋遢"、"热死的花脸冻死的旦，不热不冷吃丑饭"、"中外行吃肉，中内行喝粥"，都是有关艺人的身世，行当的特点，表演的诀窍，属于"独门专活"。

"五年的胳膊十年的腿，二十年练不好一张嘴"、"内练一口气，外练筋骨皮"，"千学不如一看，千看不如一练，千练不如一串（串演）"、"一年管子二年笙，十年笛子不中听"，"三年出个状元，十年出不了一个唱戏的"，"七分锣鼓三分戏"，"千斤说白四两唱"，这些武打、演奏方面的谚语，极言其难。

表演方面，强调言必口眼心，以内在的情感为主，如"变口唱为心唱，化歌者为文人"、"眼大无神，庙里泥人"、"唱戏不动情，看戏不同情"等等。

"热死的花脸冻死的旦，不热不冷吃丑饭"、"补箩惜竹，花旦惜曲"、"丝罗包穷骨，老来叫化坏"，都道出从艺之苦之难。冷暖寸心知，各种角色的难易和特点，以表演感受和戏份比重，谚语中都有表述。

　　归纳起来，各种戏曲艺术都有自己的谚语，观其精神，大都相差无几。其形态，与各剧种的生态环境、艺术特点、地域环境、观众文化水平及审美情趣、剧种的历史渊源和发展状况，有密切关系。是这些给谚语的形成、积累和发展创造了条件，使之具有独立的体系，成为熠熠生光的文化瑰宝。

　　"宁卖祖田，不卖祖言"，不少谚语，出自"祖言"，都是祖师爷的传艺三昧，故从艺人员，在自己的艺术生涯中，总是不忘这些"祖言"，不轻易外传。

　　另一方面，虽然中国的宋元杂剧的发展很快，但比之西方戏剧的发展，相差很远，"吾中国文学之最不振者，莫戏曲若，元之杂剧、明之传奇，存之今日者尚以百数。……然比西洋之名剧，相去尚不能以道里计。"（王国维《人间词话》）但中国老百姓是需要戏剧的，"三天不唱戏，道场都好看"，所以他呼吁"生百政治家不如生一大文学家。"

　　中国戏曲的发展是渐进的，风风雨雨，筚路蓝缕。到明清以后，元杂剧、明传奇，以及地方剧种，已不是"来者瓦合，去者瓦解"的"即兴"式表演，已转为"班子生态"（由班主带领讨生活），班主是剥削者，艺人"丝罗包穷骨，老来叫化坯"，"端人碗，服人管"，连生存都成问题，遑论名剧、名家。

原载香港《文汇报》

文艺批评古道犹存

一

郑振铎说："齐梁在中国文学批评史上是一个大时代。出现了好几部伟大的批评的著作，产生了许多不同的批评见解，我们的批评史，从没有那样的热闹过。……能给纯文学以最高的估值与赏识者，在我们文学史上，恐怕也只有这一个时代了。"如沈约、陆厥在诗歌音韵上的论战，还有同期出现的两部文学批评专著——刘勰的《文心雕龙》与锺嵘的《诗品》。

两位批评家是同时代人，年龄大概只相差三岁，他们的崛起，对当时的文学影响很大，也是批评界一件大事。南北朝时期，文学写作可谓盛极，士族社会以写诗为时髦，但受陈梁遗风的影响，文风浮华，"故使文多拘忌，伤其真美"（锺嵘《诗品序》）。国都金陵，交通发达，物产丰富，风尚奢靡，虽然词人云集，用词富丽，但过于矫饰，被读者称之为"金粉文学""贵族文学"，不接地气。文学创作的良莠不齐，亟待鉴赏和甄别。于是一些知识分子就着手品评诗文，刘勰、锺嵘就在这种情况下问鼎当时的文学界，开了一代新风。

　　这一影响，扩散至宫阙，使朝中能诗者幡然醒悟，走出"玩诗"的窠臼，一改靡靡诗风。据《北史·文苑·庾自直传》记载隋炀帝的故事："……帝有篇章，必先示自直，令其诋诃。自直所难，帝辄改之，或至于再三，俟其称善，然后方出。其见亲礼如此。"这一段记录，与《隋书》《文选》所记大致相同。在《隋书卷七十六》里这样评说："时俗词藻，犹多淫丽，故宪台执法，屡飞霜简。炀帝初习艺文，有非轻侧之论，暨乎即位，一变其风。其《与越公书》《建东都诏》《冬至受朝诗》及《饮马长城窟行》，并存雅体，归于典制。虽意在骄淫，而词无浮荡，故当时缀文之士，遂得依而取正焉。"在《柳晉传》中亦有"王好文雅，招引才学之士诸葛颖、虞世南、王胄、朱瑒等百余人以充学士，而胄为之冠。王以师友处之。每有文什，必令其润色，然后示人。"

那么柳胄、庾自直究竟是怎样批点杨广（隋炀帝）的诗作的？又批点了哪些地方？时至今日，我们当然无从知道。但隋炀帝热心诗文写作，进步之快，有清隽敦厚、质朴典雅之文风，并且重视文艺与批评，却是无疑的。所以郑振铎评说，"有了这样一位文学的东道主在那里，隋代文学，当然是很不枯窘的了"。

且看杨广的《春江花月夜》："暮江平不动，春花满正开。流波将月去，潮水带星来。"批评家发现四句二联，认为是"律诗初露端倪"。又如《野望》："寒鸦飞数点，流水绕孤村。斜阳欲落处，一望黯消魂。"为评家批点语言很有意境，很优美，后来果然被秦观引进《满庭芳》："山抹微云，天连衰草，画角声断谯门。暂停征棹，聊共引离尊。多少蓬莱旧事，空回首、烟霭纷纷。斜阳外，寒鸦万点，流水绕孤村……"批评家们还认为他的《饮马长城窟行》："肃肃秋风起，悠悠行万里。万里何所行，横漠筑长城……""有大人之雄风”。（严羽在《沧浪诗话》中认为：“《文选·饮马长城窟》古词，无人名，《玉台》以为蔡邕作。”）

王船山评杨广《乐府泛龙舟》曰：“神采天成，此雷塘骨少年犹有英气。”郑振铎亦评价：“广虽不是一个很高明的政治家，却是一位绝好的诗人，正和陈、李二后主，宋的徽宗一样，而其运命也颇相同。他虽是北人，而所作却可雄视南士。”此外《隋书·经籍志》著录《炀帝集》五十五卷，《全隋诗》录存其诗四十多首。人们认为“隋炀帝一洗颓风，力标本素，古道于此复存”，这个评价，是切中肯綮的，说明他身体力行，改变一代文风，作了很有意义的贡献。

由于古诗词是规矩很多的文学，写好一首诗，要反复推敲，声韵、格律严谨，往往辗转竟日，无一佳作。而好的诗作，都有自己的个性，带有作者的人品风格，“太白做人飘逸，所以诗飘逸，子美做人沉着，所以诗亦沉着”（王国维语），在对古诗词的评价和论证方面，由诗及人、由人及诗，反复评议，获得一个论证，看来又很有必要。

我们现在读到的古诗词，都是经过了历史的

锻打过程，经过历代批评家不断评价、论证，显得弥足珍贵。诗有言志，有言情，有言事者，写好都不易。有的诗和文艺作品，甚至几百年尚无定说，《红楼梦》不是至今还有人在考证么？

二

时至今日，文学批评这个概念，在许多人特别是年轻人中还是模糊不清的。文革时期，四人帮将文艺批评作为整人的工具，挥舞大批判的棍子，把正当的文学批评搞得人见人怕，混淆了批评的真实意义。

什么是文学批评？既不是"大批判"，也不是"意见箱"。在十九世纪欧洲文艺复兴时期，文艺批评（Literary criticism）是与研究和确定（study and determine）同一含义，即批评家对作品加以研读之后，从社会学、美学、文学以及作品结构、情境、情感、人文价值等多方面分析研究，给作品一个应有的、客观、公正、科学的定位，不是说一堆好话完事，也不是提一通意见拉倒。

但是现在文学批评界的情况，并不能使人乐

观，那种隔靴搔痒的评论，我们已经看得很多了。特别是近年来，国内文学创作，虽然出现不少佳作，但也因为受"市场化"的影响，文学创作良莠不齐，也是不必讳言的事实。一些自费出版的作者，不得不请名家、批评家、大腕儿站台，帮忙推销，而这些站台者，绝少实话实说，因为考虑那些书的销路，大家帮助点赞，使自费出版不至于"蚀本"。于是文学批评就成了"文学表扬"，成了"读物"的推销员，文章的好坏，就失去了标准，遑论"批评"？于是一些品类低下的制作混迹其中，真正的批评家就只有"退居二线、三线"，马放南山。

真正的批评家，要对文学、美学、社会学、价值学……诸多方面进行研究。克罗齐派的美学家们说，要欣赏莎士比亚，你须把自己提升到莎士比亚的水准。这是很中肯的定义。莎士比亚的朋友本·琼森说："只有诗人，而且只有第一流的诗人，才配批评诗。"批评家是时代优秀作品的发现者，时代需要批评家。所以，当作品问世时，不管是什么方式"出生"，最好到批评家那里领一个"出生证"。

现代英国批评家理查兹（I. A. Richards）

说："批评学说所必倚靠的有台柱两个：一个是价值说，一个是传达说。"

传达即是表达的艺术，"所有的艺术家所接受的训练都在传达技巧方面"（朱光潜语）。音乐、图画、诗和小说散文，都是表达的艺术。而作为文艺批评家，起码应该是一个很优秀的作家，没有对创作的艰苦的体验，就没有资格对他人的作品进行研判。这种研判，又应该是相对的，也为"批评的批评"留有一席之地。人们曾反对"四人帮"的把文学批评当作打人的棍子，同时也希望文学批评有更科学、更实事求是的 study and determine。当我们读到一本新著时，应该是从一本书的最高境界来欣赏和品评，而不是评论一根绳子，总是从最薄弱的一段断定绳子的价值和质量。

钟嵘在《诗品序》中谈到作品及人的品评时说："昔九品论人，七略裁士，校以宾实，诚多未值。至若诗之为技，较尔可知"。可见"品"可以追溯到人物（诗作者）品评，也可见，到魏晋时期，品藻者就开始由对人物的品评推及到诗作自然美和艺术美的鉴赏（即王国维说的理想与写实）。但他慨叹不容易，"校以宾实，诚多未值",而作为一种探索,未尝不可,但做起来还是不如直接看作品的价值与传达水平。鲁迅指出过:"然而批评家的批评家会引出张献忠考秀才的古典来,先在两柱之间横系一条绳子,叫应考的走过去,太高的杀,太矮的也杀,于是杀光了蜀中的英才。这么一比,有定见的批评家即等于张献忠,真可以使读者发生满心的憎恨。但是,评文的圈,就是量人的绳吗?论文的合不合,就是量人的长短吗?引出这例子来的,是诬陷,更不是什么批评。"(鲁迅《批评家的批评家》)量人的长短,不是什么批评,往往走入整人的误区。这个误区,使我们吃了很大的亏。

原载 2016 年 11 月 1 日《人民日报》

司马相如的"身价"

　　司马相如是大词赋家，年轻时好读书，当了个武骑常侍，他自己并不喜欢这个官位，伺候景帝打猎，加上景帝不好词赋，索然寡味，使他终日心情郁闷。一次，梁孝王来朝，他得以会见随行游说之士齐人邹阳、淮阴枚乘，非常高兴，一见如故，于是称病辞官，跟随他们到梁旅游，在孝王手下当了个专业作家。孝王去世后，他又回到成都，家贫无以为生。后与卓文君恋爱结婚，在闹市开一家酒店，夫妻当垆卖酒，勉强度日。

　　司马相如一生写了不少的赋文，他的赋文，局度的开张、词藻的瑰丽、气韵的跌宕、机趣的富涵，实在是很独到的，如《子虚赋》、《上林赋》、《长门赋》、《美人赋》、《大人赋》、《难蜀父老赋》、《哀二世赋》……都是难得的妙文，深受当时朝野好评。同时他写赋文讲究锤字炼句，不轻易出手，有马迟枚速之称，故千金难买相如赋的评价，并非虚传。

司马相如名满天下，但从史料记载来看，他仍然不脱离劳动，当他的普通老百姓，酿酒、卖酒，甚至穿着短裤衩，"保佣杂作"（和佣人们一起劳作），到井边打水洗各种器皿、酒具。他身体不是很好，患有消渴症（糖尿病），从未以大文豪、词赋名家自居而整天搞他的"专业创作"。

现在人们动辄讲"身价"，何为身价？我检阅了辞海，解释"身价"是"买人做奴隶的价格"，也是"赎身"的钱。宋以前，身价也叫身银或丁银，与现在所谓"身价"的含义大相径庭。现在的"身价"就是指人在社会的地位，地位高即是"有身价"，或谓之"身价"高，没有地位，"保佣杂作"者，就是没有"身价"，司马相如那个时候对"身价"的理解又与现在不同。

曾经听到一个真实的故事：

在华盛顿 DC 地铁站"L'Enfant"广场入口处演奏小提琴的 Joshua Bell，是当今最有名的小提琴家之一，身价不可谓不高，但他刻意在这个"陋巷"演奏了四十五分钟。其间，成千上万的乘客经过这里，可是，只有七人真正停下来听他演奏。他演奏完毕，没有人鼓掌、喝彩，更没有人知道他就是 Joshua Bell。

这天，他一共赚了 32 美元。而他在这个地铁口演奏的是世界上最难演奏的巴赫、舒伯特以及拉曼努埃尔·玛利亚·庞塞和马斯涅的乐曲；所用的小提琴是意大利斯特拉迪瓦里家族在 1713 年制作的名琴，价值 350 万美元！而就在前两天，他在波士顿的歌剧院里演奏，门票上百美元，却一票难求！这些，在地铁站口的匆匆过客，竟浑然不知，认为他无非是一个卖艺的，不屑一顾或无暇顾及。

这个故事说，每天有多少美好的、有价值的东西与我们失之交臂！在波士顿的歌剧院演奏和在地铁口"卖艺"，同是 joshua bell，身价却判若云泥。这就是当今"身价"的诠释：同样一瓶可乐，在便利店只卖三元，在五星级酒店的卖价却是十六元。

"身价"通俗的解释就是如此：毫无价值可言的世俗观照。由此而派生出高昂的、莫名其妙的"出场费"、"站台费"、"稿费"……

"千金难买相如赋",这个标价,不是作者自己提出的,作者身居陋巷,环堵萧然,他是便利店的"饮料"。他无需考虑自己在社会的"身价"高下,高也干活,下也干活,给他标个八千万,他依然还是卖酒,酒价高低才是他关心的。

颜回家贫居卑,孔子对他说:你何不去做官呢?做官有身价。颜回回答:回有郭外之田五十亩,足以给饘鬻,郭内十亩,足以为丝麻,鼓琴可以自娱,所学夫子者,是以自乐也,回不士。回答得很干脆。

诗人、艺术家首先是劳动者,劳动中产生生动的诗句,优美的天籁,铸成诗的灵魂、修炼出伟大的人格,于是就成为诗人、艺术家。这个"身价"是无法匡算的,得感谢劳动,感谢土地,感谢太阳和河流,甚至苦难。

原载 2017 年 12 月 11 日《新民晚报》

读 联 有 益

　　我不会写对联，但喜欢读，每每见有好的联句，总要驻足欣赏、反复玩味。如"秋水共长天一色，落霞与孤鹜齐飞"，"文章真处性情见，谈笑深时风雨来"从声韵、对仗、意境上都是很有功力的，颇耐玩味。

　　《梦溪笔谈》里说到"古人诗有'风定花犹落'之句，以谓无人能对。王荆公以对'鸟鸣山更幽'。'鸟鸣山更幽'本宋王籍诗。元对'蝉噪林愈静，鸟鸣山更幽'，上下句只是一意。'风定花犹落，鸟鸣山更幽'，则上句乃静中有动，下句动中有静。"对王安石的此对，谓之绝唱。

　　学习写联，可以掌握驾驭文字的功夫和提高文学修养。

骈文中的偶句，赋文的用典，演化到楹联，便是很好的"对子"。所以说，诗词歌赋是对联之母，而对联又是文学知识的"快餐"。

从形式上看，是民俗文化，所谓桃符更新，就是指写新春联。远古时代是没有写春联的，每到春节，家家户户"贴画鸡，或斫镂五彩土鸡于户上，悬苇索于其上，插桃符其傍，百鬼畏之。岁旦，绘二神披甲持钺，贴于户之左右，左神荼，右郁垒，谓之门神。"（梁·宗懔《荆楚岁时记》）那时候的礼仪是驱疫祈求平安，鸡和桃，鬼魅所畏也，故能助行逐疫。画以人形，能得不死之祥。后来桃符板改易纸代，写好之后，刷一层油，能保持很久。

但联究竟起于何时？说法不一，版本很多。有的说是起于明太祖，"帝都金陵，除夕传旨，公卿士庶家，门上须加春联。"那时候叫门帖，朱元璋也曾以门帖赐朝臣公卿，——此说有一定道理。自明以后，民间使用楹联的频率渐高，坊间百业，寺庙道观，庆典活动，逢年过节，红白喜事，都少不了各种内容和形式的"对子"，成为中国最接地气的文化。

读《红楼梦》，就看到那时候对对子就已经

普遍。第五十三回："且说宝琴是初次进贾祠观看，一面细细留神，打量这宗祠：……两边有一副长联，写道：肝脑涂地，兆姓赖保育之恩；功名贯天，百代仰蒸尝之盛。……抱厦前面悬一块九龙金匾，写道：'星辉辅弼'。乃先皇御笔。两边一副对联，写道是：勋业有光昭日月，功名无间及儿孙。也是御笔。五间正殿前，悬一块闹龙填青匾，写道是'慎终追远'。傍边一副对联，写道是：已后儿孙承福德，至今黎庶念宁荣。俱是御笔。……"看来与"御笔"关系甚大。

桃符的旧俗仍有保留，"已到了腊月二十九日了，各色齐备，两府中都换了门神、联对、挂牌，新油了桃符，焕然一新。"（同上）在曹雪芹那个时代，想必这类文化活动是很盛行的，小说反映的只是当时的一鳞半爪，现在叫"冰山一角"。那时的门帖，在公卿士庶府邸盛行，民间大抵仍以桃符庆春，不及那种雍容华贵。

至于挽联，是带"伤痕"的，追念逝者，文字总是往好里说。生时平平，死后赫赫，就靠挽联的功夫，并不都是大实话，似乎成了俗套。

但在乡间，死了人，就很少见到这样的溢美的对子。我见到过乡村有人病重，弥留之际，乡邻都到他家里默默守护，人们低着头，抚着那人的手，神情黯然，流着眼泪，及至断气，才听到嘤嘤的抽泣声传出——以这种沉痛送别。我想，除了死者平日的德行可嘉外，村里人真挚悲催的感情，也令人动容。这情感平日被封存着，口碑在言谈中，没有什么"功垂千秋"，"名昭万世"，"世代楷模"，"永垂竹帛"，之类的"抬举"。倒是夜间，道士在简陋的灵堂所唱的挽歌，却是生死大实话：

> 日落狐狸眠冢上，夜归儿女笑灯前。人生有酒须当醉，一滴何曾到九泉？

这其实是高翥的诗句，被拿来做了大实话。

鲁迅先生对此有精辟的见解："我在写着这些的时候，病是要算已经好了的了，用不着写遗书。但我想在这里趁便拜托我的相识的朋友，将来我死掉之后，即使在中国还有追悼的可能，也千万不要给我开追悼会或者出什么纪念册。因为这不过是活人的讲演或挽联的斗法场，为了造语惊人，对仗工稳起见，有些文豪们是简直不恤于胡说八道的。结果至多也不过印成一本书，即使有谁看了，于我死人，于读者活人，都无益处，就是对于作者，其实也并无益处，挽联做得好，也不过挽联做得好而已。

现在的意见，我以为倘有购买那些纸墨白布的闲钱，还不如选几部明人，清人或今人的野史或笔记来印印，倒是于大家很有益处的。但是要认真，用点工夫，标点不要错。十二月十一日。"（《且介亭杂文·病后杂谈》）

孔子对颜渊说："窥其门不入其中，安知其奥藏之所在乎？然藏又非难也，丘尝悉心尽志已入其中，前有高岸，后有深谷，泠泠然如此，既立而已矣，不能见其里，未谓精微者也。"（《韩诗外传》卷二）这是说学诗的境界，读诗如此，读联不亦乎？任何学问，都有其堂奥，"不能见其里，未谓精微者也"，所谓"咏先王之风"，"亦可发愤忘食"，都是只见其表，未能登堂入室，按理还是没有谈论诗的资格。应该像孔子那样，进入奥藏，进入"泠泠然如此，既立而已矣"的境界，如能找到作品中蕴藏的作者的真实情感、情绪，就更完美。

原载 2018 年 6 月 30 日《新民晚报》

毛延寿的死因

竟宁元年（公元前 33 年），宫廷画师毛延寿被杀掉了，一个画画的匠人，做了刀下鬼，暴尸街头，当时是个新闻。

案子起因是匈奴呼韩邪单于来朝，表示要娶汉女为妻，两国结亲，永远修好，元帝答应他的请求，将后宫待召的王昭君嫁给他。

在当时采用这种结亲的方式，搞好双边关系，实现民族统一，应该说是一个创举，是件好事。但是据野史《西京杂记》说，元帝之所以将昭君嫁给呼韩邪，是因为听说她长得丑陋——然而也只是听说而已，并未亲见。那时候，元帝从后宫选美，并不是亲自去挨个儿挑，也没有现代的照相技术，全凭当时的宫廷画匠毛延寿画像取定。毛延寿的画技，大概也就那样，照葫芦画瓢，像与不像，就很难说。那么多后宫娘娘，当然都希望毛延寿画得漂亮一点，有送了钱财的，就被画得"好看"些，反之则"恶图之"，害得人家宫女永不得见天日。

王昭君自恃其貌，偏没给毛延寿"烧香"，结果被画得浓眉大嘴，小眼勾鼻，丑陋不堪，骗了元帝，落得幽禁后宫多年。

这天，昭君要走了，奉召去见元帝，一见面，元帝发现王昭君非常美丽，光彩照人，悚动左右，与画像完全对不上号，气悔之下，穷究作弊之人，将毛延寿推到市上杀了。

已经答应呼韩邪单于，不能反悔，元帝只得打点金银珠玉，送别昭君。

正史中并无此一段公案，也查不到毛延寿这个人。《西京杂记》据传是晋人葛洪所撰，也有说是西汉刘歆所著。鲁迅在《中国小说史略》里，对《西京杂记》一书曾有较为详细的考证。他说，"至于杂载人间琐事者，有《西京杂记》本二卷，今六卷者宋人所分也。末有葛洪跋，言其家有刘歆《汉书》一百卷，考校班固所作，殆是全取刘氏，小有异同，固所不取，不过二万许言。"又说："梁武帝敕殷芸撰《小说》，皆钞撮故书，已引《西京杂记》甚多，则梁初已流行世间，固以葛洪所造为近是。或又以文中称刘向为家君，因疑非葛洪作。"

这里似排除了葛洪所著的可能，但一些史家认为葛洪所著无疑，但都没有拿出信得过的证据，现在也只好姑妄言之，姑妄信之。

历史上对这段公案评价也并不一致，宋王安石就有不同看法。在他的《明妃曲二首》里，就有"意态由来画不成，当时枉杀毛延寿"，他从艺术创作的角度分析，认为毛延寿死得很"窝囊"，论画技，毛延寿的水平，实在是算不上艺术，他不过是皇宫里的一个画工（也许汉宫确有这么一个画工，姓甚名谁，或系传闻有误），凭一点小手艺，能把宫女的相貌如实再现给汉元帝吗？说他把王昭君"恶图之"，倒不如说是王昭君太漂亮，他没法画出来，给他"烧香"也是白搭。

王安石认为，画像这门艺术，是要把生活中人的"意态"（不要求丝毫不差地）表现在纸上，并不容易，特别是"意"，也就是气质、内涵，表达完美，需要高超的技巧和修养。一个画匠连白描的功底都不一定掌握，王昭君（包括其他宫女）是美是丑，他即使不"恶图之"，恐怕也难真实地"图"出来。

王安石从艺术角度"怒其不争"，认为毛延寿种田经商，干啥不好，画什么像，还盲流到宫廷！既已混进去了，就老老实实画像，画得不好，是水平问题，汉元帝无非把他辞了，或者追究责任关起来。但他偏偏来一个"恶图之"，借机敛财，以肥私囊，欺到元帝头上，不做刀下鬼就怪了。

这一来，昭君美女就被呼韩邪单于娶去，成了"和番"使者。

昭君远嫁胡营，当然始料不及，"明妃初出汉宫时，泪湿春风鬓脚垂"，"君不见咫尺长门闭阿娇，人生失意无南北"（《明妃曲二首》）。而呼韩邪单于待她恩厚，远过元帝，使她改变命运，虽与蔡文姬稍似，但好像一直没有归汉。

毛延寿，正史户口查无此人；当时暴尸街市，人皆掩鼻而过，埋在何处，家有亲人否？野史没有交待，只说毛延寿死后，有人从他家里搜查出家资巨万，全是勒索来的不义之财；他留给后人的不是艺术作品，而是贪贿、害人的骂名，特别为当时白头宫女所痛骂，为历史上正直的画家所不齿。

原载《文汇报·笔会》

"人生识字糊涂始"

"人生识字糊涂始"，原话是"人生识字忧患始"，是鲁迅先生翻造的。

这个"糊涂"，是指"书呆子气"，并不是真正"脑残"。

那么，不识字，会说话，总明白吧？

说话是不必打底稿的，冲口而出，说过就"蒸发"了，即使听者有心，也不一定记得很全（刻意录音除外），往往说者无意，听者有心，造成误会，闹出案子，这才抱怨"口没遮拦"。所以先人总是嘱咐，是非只因多开口，少说话，不说话，没人说你是哑巴。仔细想想，真不无道理。说话是人生的第一课，远在识字之前，但先辈们似乎并不希望人们太会说话，告诫"敏于事而讷于言","食不言睡不语",嘴巴上了"锁",才被认为"可靠"。

可见,说话学问很大,我认为比识字难。

一是声调,声高是说,声低也是说,往往有理不在声高,声音低些说,似乎更能把道理说明白,使人易于接受。但有时也提高声调,加重语气。拿破仑在他的讲稿上就提醒自己"此处论据不足,要提高声调",先声夺人,属于演说的艺术。

二是说话要精炼,不要一天到晚唠唠叨叨,说个没完,使听者厌烦。当老师,诲人不倦,另当别论。但夫子说,总之要像敲钟一样,敲一下响一声,敲而不响是保守,不敲而响是唠叨,"人之患好为人师也",坐而论道,胡说八道,指鹿为马,不如去听相声抖包袱。

更高的层次,当然是说真话,不说假话。关于"说真话",话就多了。

官员有官员的真话,商人有商人的真话,莎士比亚的《威尼斯商人》里,高利贷者夏洛克借给威尼斯商人安东尼奥三千金币,借据注明:借期三月,如期满还不上钱,就从安东尼奥身上割下一磅肉抵债。这大概是夏洛克难得的一句真话。夏洛克这句真话，在市场的人际交往中，听着总是那么耳熟。

有位领导下基层时，向基层老百姓表态说：以后有何困难，直接找他反映，并当场给群众留下自己的手机号码。此举使在场群众感动。但他回到办公室以后，手机一直没开过，基层有事找他，怎么也打不通。原来他这个手机挂在腰间是做做样子的，从不开机。实际上他的公文包里，另有两部手机是开着的，一部是与上级联系的，二十四小时"恭候起居"，还有一部是与酒肉朋友联系，赶饭局、约会用的，在家关机，出门开机。三部手机，各有用场，这就叫同而不和，手机再多也听不到他一句真心话。老百姓当然也就不会向这种人掏"心"掏"肺"了，那手机号码也无人拨打，还送他一个"雅称"："没一句话可信。"

可见说真话是不容易的，不无中生有，不指鹿为马，不胡编乱造，不文过饰非。说到底，还是人要老实、正派，三个铜钱摆两处，一是一，二是二。

真话究竟是什么话呢？先人说"言为心声"，照这个意思解释，真话就是心里话。孔子批评

"小人同而不和",骨子里另搞一套,嘴上却一味附和,满口假话。曾子说"吾日三省吾身",其中就有"与朋友交而不信乎?""信"者,信用,讲真心话,办老实事。"不知言,无以知其人","听其言,观其行","视其所以,观其所由,察其所安",这么一考察,就能了解一个人。如果绕了半天弯子,不说一句真话,其心如深井,谁敢相信此人?

说假话的人,总是与老百姓同而不和。所谓"人心隔肚皮",加上说假话,隔得就更远,甚至拒人千里之外,怎么会说真话?又怎么听得到真话?

人生识字糊涂始,说话也不能糊涂。

原载《新民晚报·夜光杯》

不能玷污的玉爵

提出"慎爵"观点的，是明朝的刘伯温先生。他讲了一个故事："昔者赵王得于阗之玉以为爵曰：'以饮有功者。'邯郸之围解，王跪而执爵进酒，为魏公子寿，公子拜嘉焉。故鄗南之役，王无以为赏，乃以其爵饮将士，将士饮之皆喜。于是赵人之得爵饮，重于得十乘之禄。及其后王迁以爵爵嬖人之舐痔者，于是秦伐赵，李牧击却之，王取爵以饮将士，将士皆不饮而怒。故同是爵也，施之一不当，则反好以为恶。不知宝其所贵而已矣。"（《郁离子》）

他说的"爵"，是用于阗玉制作的酒杯。这个酒杯十分不一般，赵王用它专门给作战有功的将士敬酒。能得到玉爵一饮，赵人认为是非常荣耀的待遇,"重于得十乘之禄"。但是后来的赵王却用这玉杯给他身边舐痔的嬖人饮酒,一下子玷污了这个神圣的器物,有功将士自此"不饮而怒",视玉杯为脏污。

对所有的出版、奖励、授勋、荣誉称号,都必须谨慎。

荣誉感很强的莎士比亚说:"我的荣誉主宰着我的命运。生命是每一个人所重视的,可是高贵的人重视荣誉远过于生命。"(《特洛伊斯罗与克瑞西达》)用中国的表述,就是"知荣辱"。一种荣誉的授予是很严肃的事情,一旦施之不当,那荣誉就会大打折扣。

这就是人们对体育竞技反对使用违禁药物、对艺术表演反对假唱、在评奖中反对乱送名头的理由——不该让那些投机取巧、弄虚作假的人亵渎了神圣的荣誉。

以作品的品质选取优秀者,是众望所归的法则,而真正遵循这个法则,达成这种愿望,并不是很容易的事情。最关键者,是要坚持荣誉的高洁度,不让它受到玷污。赵王没有做到,使玉爵从荣誉的宝座上跌落下来,从那以后,所有的有功将士便再也不因被赐饮为荣,反视其为卑污。

刘伯温"慎爵"的观点，到千年以后的今天，仍然使我们警醒：保持荣誉的高洁度，是每一代人的责任。

人们熟知古希腊戏剧节上，戏剧创作优秀或竞赛获胜者被授予桂叶编成的花冠，以示荣誉，谓之"桂冠诗人"。月桂叶本身并不值钱，但这顶桂冠，多少年来，被希腊人视为神圣之物、无价之宝，获此殊荣者很不容易，可以说凤毛麟角。

对文艺作品评奖，我以为，首先应看作品口碑如何。人们对柳永的词，虽然说法纷纭，但仅"有井水处，即能歌柳词"这一点，就足以说明他当时知名度之高。为什么影响这么大呢？他的词不粉饰现实，而是把生活中美的事物再现出来，使人人都能欣赏。同时他对下层弱势群体尊重、同情，视为知己，为他们度词谱曲，表达其愿望和情感。再就是语言通俗浅显，大众化，"长于纤艳之词，然多近俚俗，故市井之人悦之"（黄升《唐宋诸贤绝妙词选》）。所以市井俚人、贩夫走卒、野老椎髻都能唱诵，在"网络"尚未出现的时代，就有成千上万的"粉丝"，这不能不说是很大的成功。今人所说，这奖那奖不如受众的夸奖，也是差不多的意思,当代的"玉爵"再鲜亮,光环与荣耀依然是闪亮自人们的内心,容不得玷污。

"慎爵"的慎,意即不要沾染市侩气,一旦授奖变成了响彻落槌声的"交易大厅"和讨价还价的"集贸市场",人们便不会把这种"荣誉"当无价之宝。

2019 年 7 月 21 日《解放日报·朝花》

"雅座"与"马扎"

旧时到戏院买戏票，票房便向你出示座次表，请你点座，要几排几号，到时候对号入座。有时你所要的座位被别人订了，就得将就别的座位。

看一场戏，无非两个多钟头，座位舒适与否，就那两个钟头的事情，像坐公共汽车一样，到站就下了，一般不会再去计较刚才的座位是不是舒适。

读唐诗宋词，可以了解封建社会对官场座次的讲究。陆游的"位置"可能不是很好，但他无所谓，"位卑未敢忘忧国，事定犹须待阖棺"，不计较位高位卑，关键是要忧国忧民，在这个问题上，干得好坏，到盖棺才可下结论。范仲淹的

"居庙堂之高，则忧其民，处江湖之远，则忧其君"，也强调"位置"观念，也是把忧国忧民放在第一位，"苟利国家生死以，岂能祸福趋避之"，不管坐在什么位置上，都应该有担当的精神。

所以，以"位"论人，不是实事求是的态度，这不是看戏，座位也不能由自己订；既然坐上去了，就得把事情做好，对得起这个"位子"，怎么说也不是三两个钟头的事。但是问题复杂就复杂在不同的位置有不同的人去坐，表现自然也不一样。"居庙堂之高"与"处江湖之远"，差别很大，但如果看"位"不看人，更不看贡献，那就是封建社会的旧弊，势利眼。我们读三国，诸葛亮六出祁山，恢复汉室，由草根而任刘备的"参谋总长"，按座次，在前几排。但他夙兴夜寐，勤恳工作，连打板子这样的事都亲自过问。而且主动自报家产："成都有桑八百株，薄田十五亩，子弟衣食，自有餘饶。至于臣在外任，无别调度，随身衣食，悉仰于官，不别治生，以长尺寸。若臣死之日，不使内有餘帛，外有赢财，以负陛下。"到五十七岁，临终的时候，嘱丧事从简：葬于汉中定军山，就山坡边挖个坑，放得下棺材就行,穿戴平常的衣帽,不要随葬器物。那个时候,讲究"饿死事小,失节事大",这个"节"就是指的名分,曲终人散,诸葛亮没有愧对自己的位置。

过去剧场还有包厢,道理上也相同,位子很优雅,舒适,但坐包厢的,是有不同身份的,那身份虚实的不同,也千差万别,反正老百姓坐不起。旧时社会也有"包厢",坐的是徒有其名的"国学家"、"泰斗"、"大师"、"国宝"……坐的时间也非两三个钟头,而是坐到"阖棺",受用终生,一直到呜呼尚飨。因而"不管是活着还是死了,都是一位快乐的名流",而在其遗箧中,到死也找不出一句"密号真言"。真是林子一大,什么鸟儿都有。

我敬仰钱锺书先生一生淡泊,艰苦著书,矢志追求的是事业,而不是什么虚名虚位,也不研究"座次学"。钱老的这种境界,确是一种人生的美景。人的地位(更主要的是历史地位)是在阖棺之后,现在即使坐点冷板凳,甚至十排二十排之后,历史将是不会忘记他的。

由此还想到英国作家约翰·高尔斯华绥(Hohn Galsworthy)的小说《品质》,写了一个皮匠，不管什么时候，皮匠总是要求自己"把鞋子的本质缝到靴子里去"，他坐在马扎上，不易寒暑，呵冻挥汗，甚至宁愿捐弃功利，也要用最好的皮革做最好的靴子奉献给人类。那种执着，那种诚信，时刻提醒人们，做人也和做鞋一样，要把民族的伟大传统、人的优秀品质，"编织"到工作里面去。在这个社会，马扎的座次，算是很低的了，但补鞋匠坐了一辈子，那热度永远留在了位子上。

佛界主张超脱，超脱不是坏事，六根清净，一心搞事业，有什么不好？当然不是劝人们去出家，说的是心境的超脱，有事业心，心无旁骛，难能可贵，倘对虚位讲究太多，就很难超脱得了。

原载 2016 年 7 月 26 日《新民晚报》

日 夕 拾 穗

　　法国巴比松派画家让·弗朗索瓦·米勒的油画《拾穗者》（The Gleaners）和白居易的《观刈麦》，给我留下的印象，是很多年都不会磨灭的。

　　《拾穗者》不止一次触动我的灵魂，使我想到，只有为之付出智慧和汗水的劳作者，才会如此珍惜每一颗来之不易的果实，也只有深深体会劳动者的艰辛，才能精确地、诚实地再现拾穗的场景。

　　去年，承记协基金会资助，我出版了一本新闻方面的随笔集，谓之《拾穗集》。

　　回想几十年来的工作，虽不是贾捐之《与友人书》里说的"大丈夫以凌云之志，而俯首书案之间"那么高尚，但也确是"午夜一灯，辰窗万字"，辛劳有以。收获的喜悦之花，时时绽放在每一期的版面上。

我回首岁月，想起这些穗子，何不拾掇拾掇，感受它们的谦卑、诚实、率真？虽然有些还不曾"熟透"，但泥香犹存，差可自珍，或甜蜜，或苦涩，它有着我一生经历的辛劳、希望、喜悦甚至痛苦。

所有的收获，不可能颗粒归仓，特别是歉年，遗穗尤显得珍贵无比。

现在，愈来愈觉得，人生有太多的遗穗，应该去拾掇。虽然那些收获的岁月都已远去，但当我拾起它们，对着太阳，尚能看到往昔的沉淀……我轻轻抚摸，反复审视，也只有在这个时候，我才懂得它们的价值，谨慎地把它们安放在我心的历史博物馆里。

是的，拾穗，使我懂得岁月，懂得珍惜，我也仿效拾穗者，悬着敞篓，弯着腰，一点一点在人生的田野撷拾——像在写一首诗。

鲁迅写成《朝花夕拾》，也才四十六岁，他把童年故事记下来，集成一册，谓之"夕拾"。现在来看，"夕"未免早了点。但按"人到七十古来稀"的老谱，到四十多岁，已经算是过半了。鲁迅患有肺结核，那是当时死亡率很高的一种病，瘦骨嶙峋，文坛称为"老头子"，这个"夕拾"，难道不是他的"馀热"？

初到深圳，因为有一把年纪，在雄姿英发的人眼里，俨然"雨中黄叶树，灯下白头人"，但人言人殊，各有各的看法，也不必去计较它。我边打工，边温习，整理美学笔记、马克思文艺论学习笔记。除了当好编辑，也给各地报纸写写短文。"蘧伯玉年五十而知四十九年非"，在有生之年，多多计较自己，检讨自己，也算是一种"夕拾"。

缺乏容忍精神，对一个治学的人来说，是犯忌的。尤其当编辑，更无倨傲的资本，想想自己也不过是个"裁缝"，为人作嫁，本身就是谦卑的事业，没有谦卑的精神，就很难说是称职。这在马克思身上，我们可以学到有益的东西。德国哲学家、美学家费肖尔的美学观点，有一些是马克思所不赞同的，如"移情"说等。但当费肖尔的五卷本《美学》刚出版不久时，马克思就在百忙中把它读完而且作了笔记，足见马克思并没有把它一笔抹煞，他要进一步就这方面进行一些研究再下结论。我从这里看出马克思的伟大,他是个虔诚的学者,倘无自省精神,就不会有这种崇高境界。正如一位出版家说的,你可以评论《围城》,但你不可在编辑工作中"围城",要多多和读者作者交流,不能让他们使用云梯和你交流。

记得那时候有一句很流行的古话:要发财到广东。而在广东的文章家那么多,秦牧、老烈、黄秋耘、江励夫……却没有一个是腰缠万贯的。我琢磨古人这话,可能说的是到广东做官。某部门招募"博士后",除了这几十万那几十万的悬赏之外,还给副处以上的官衔——过年大门上贴的财帛星神,可不是戴着官帽的吗?当时我和朋友们认为,花哨的许诺,不如政策的稳定,不如自己坚定的事业心,袁隆平、屠呦呦等42位国家勋章和国家荣誉称号获得者,他们的贡献,才是无价之宝。

左思写《三都赋》,一时间洛阳纸贵,当时发财的可是纸商,而非左思,左思其实分文未进。而纸商对"感时花溅泪,恨别鸟惊心"(杜甫)、"可堪孤馆闭春寒,杜鹃声里斜阳暮"(秦观)、"一池萍碎。春色三分,二分尘土,一分流水。细看来,不是杨花,点点是离人泪。"(苏轼）……这些情感的"外射"，不懂得接受，他想的只是简单的概念：洛阳纸贵。而真正的价值，却视而不见。

朝花夕拾，而已而已。读书以娱己志，"无怀氏之民欤？葛天氏之民欤？"

原载 2020 年 1 月 8 日《新民晚报》

"狗不咬"乡长

有一件事，使我好几年都难以忘怀。也就是"考研"最热的那年头，忽然从报纸上读到一则新闻：上海市有个区的副区长，分管民政工作，常常下基层，而基层单位大都是福利院、救助站、养老院……与聋哑人沟通时，就遇到了语言障碍。为了直接了解聋哑人的疾苦，更加贴近这些残疾人的心，他花了许多的时间向人请教哑语，并且很快"毕业"。下福利院、救助站，遇到聋哑人，他就直接用哑语和他们对话，不借助翻译。而聋哑人有什么问题，也直接去找他反映。虽然我未能记住这位区干部的姓名，但我很为他的实干好学精神所感动。虽然学哑语比"考研"难度小得多，对功名前程也无多大用处，尤其一个副区长级干部，也大可坐在办公室，听电话汇报，有时间去学点外语。但他没有这样做。他懂得作为主管民政工作的领导，不学好哑语，就等于没有掌握打开聋哑人心灵的钥匙，这把钥匙不掌握，当"衙斋卧听萧萧竹"时，就听不出"疑是民间疾苦声"，至少听得不很真切。

几乎在看到这则新闻的同时，我还听说一件事，某乡乡长去世，上级组织部门要物色一位新乡长，原有的两位副乡长均不理想，而乡长秘书，论资历、经验，均赶不上两位副乡长，但这个秘书有个特点却为两个副乡长所不及：他走遍这个乡，十里不闻犬吠。因为他常下基层，和村民关系很亲近，常给村民读报、写信、写对联，村民有事都找他诉说诉说，连狗都熟悉他的身影脚步。经过考察摸底，上级把这个"狗不咬"的小秘书定为乡长人选。这个"不闻犬吠"很不简单，说明老百姓了解他，喜欢他，也说明他掌握了开启这个乡村民心灵的钥匙。

两件事似乎并没有什么必然的关联，但是给发现人才和使用人才，提供了很好的范本。现在用人，标准很高，看学历、看职称、还看资历、年龄、来头，就连一个从事糖果包装的街道小企业，用工也讲高学历，非本科以上不要，贪大求洋，不是为了解决实际问题。

门槛太高，章程太旧，并不合乎中国的实情，中国的实情是：既需要制造火箭、卫星、高铁、潜艇的高端人才，也需要大量解决实际难题的专业人才。学习也是如此，古代的圣贤告诫要学以致用，并说学习有好几种类型：一种是用以充实自己，使自己成为一个有用于社会的人，这叫"君子之学"；而为自己的功名富贵而学，上不能报效国家，下不能为群众办实事，只会在平庸的人前背诵所学的平庸的教条，则不免为陋儒，叫"陋俗之学"；还有为炫耀自己而学，以所学得的一星半点东西来傲人，谓之"小人之学"。可见学亦有道，立志要高，"路头一差，愈骛愈远"，其学只能是下下乘。有胸襟，有方向，解决实际问题，哪怕是涓埃之学，都是值得鼓励、值得称道的"君子之学"。考察任用人才，以及人才自身的学习，都应当从中国的实际出发，切不可去追求那些没有实际价值的虚名。

有些出国留学、游学、访学、进修归来的人士，称之"海归"，将自己的所学，用来报效祖国，这是值得鼓励的，一些地方也给他们许多优惠的政策。但常年在平凡的岗位，根据实际需要，学习一些实际的知识，用以解决实际问题，应该说，这样的栋梁之才，各地都有，可惜多被等闲视之。像"狗不咬"乡长，不考研而学手语的民政局副局长，是从报章上见到的，可见现时还只是新闻而已。

原载 2016 年 1 月 15 日《新民晚报》

孔子的服装设计

　　我常这样想，古人能写出那样美的诗文，又是那样富有美的意境，在现实生活中，他们一定是非常爱美、懂美的。

　　据说何晏是曹操的养子，后来娶魏族的金乡公主为妻。魏文帝曹丕并不喜欢何晏，但对坊间传说何晏天天搽粉，并不相信，便要对这位"美男子"研究研究。他把何晏请来吃饭，吃的是汤饼（面疙瘩），汤饼很烫，何晏又喜欢吃，吃得满头大汗，他时不时取出手绢擦汗。文帝注意观察何晏擦汗以后，脸色依然白净细嫩，不像是搽了粉，手绢也不是坊间所传粉红色的，这才相信何晏的确是肤色很好，认为他可能与常年吃面食有关。据《荆楚岁时记》考证：面粉有美容的功效。何晏所以肤色很好看，证明与面食有关，当然只是聊备一说。

孔子爱美，他认为一切美的东西，都产生在素净的基础上，即所谓"素以为绚兮"。他对服饰的款式、实用性，以及色彩的搭配很重视。衣服内外色调的调和，必须符合美感需要，如羔裘是黑色的，应该配以黑色的面料；白色的麑裘，最好配以白色面料；黄色的面料，应和狐裘相配。平时在家里穿的休闲服，可以宽松一点，暖和一点；右手的袖子要短一些，便于做事和写字。当然，朝服、礼服之类就不能独短右袖。总之，朝有朝服，斋时有斋服，浴后有浴衣，吉服不可居丧用，休闲服不可穿了去上班。甚至线缝也有讲究，正面的面料不可缝斜线。夏天穿粗葛布衣太露肌肤，出门要穿件罩衣……这些服饰设计方面的见解，在他的《乡党》里有记载。"绘事后素"的美学观，中庸朴素，至今很受用。

除了孔子，屈原也很喜欢服饰美，"余幼好此奇服兮，年既老而不衰。带长铗之陆离兮，切冠云之崔嵬。"（《涉江》）不但喜欢，而且从幼年到老，一直兴趣不减。你看，峨冠博带，环佩璆然，挎剑昂首，英姿勃发，多美呀。在政治上，他认为英主就是美主，举贤授能就是美政，自身道德修养就是美德，这是很独特的见解。他还认为，凡是对美的追求，都不应该"蔽"（阻止），对美的东西，不应该嫉妒。

西汉时期，据说出了一款叫"犊鼻裈"服饰，用三尺布做，没有长裤腿，形如牛头，下有两鼻，就是现在的裤衩子。当时是个新款式，没人敢穿。但有一个人敢为天下先，这个人就是司马相如。"相如身自着犊鼻裈，与保庸杂作"（《史记·司马相如传》）司马相如敢穿"新潮"短裤衩，招摇过市，说明他思想开放，也说明犊鼻裈这款新装合乎时代潮流，为人们所接受。

回过头去看，生相丑陋的钟馗，成为中国民间的"打鬼英雄"，生相丑陋，心地善良，说明即使是自然丑，也可以转化为艺术美。

看来，"内美"是一切外美的基础，"芬芳自从中出，初不借美于外物也。"（朱熹《楚辞集注》）东施效颦的故事，是美学中的教训，也是说明一切美的东西，应该"自从中出"，不借美于外物也。可见中华文化的美学观念，是一切文化的砥柱，内蕴丰富，值得发扬光大。

原载《文汇报·笔会》

粥 的 话 题

粥是个好东西。陆游诗里说："粥香可爱贫方觉，睡味无穷老始知"，他说粥的真正美味，只有到贫困时，才品尝得出来。

曹雪芹的《红楼梦》是喝粥写出来的，他很贫困，"举家食粥酒常赊"，但他笔下宁荣二府里那宴席排场，让多少读者和研究者看得垂涎。

潮州的粥是很有名的，许多人到潮州玩，少不了找粥喝，并不是没饭吃，是喝风味。苏轼访潮州，夜饥甚，吴子野劝食白粥，说是能推陈致新，利膈益胃。"粥既快美，粥后一觉，妙不可言也。"苏轼的感觉，是清雅之士的"美食品评"。这吴子野，名复古，潮州人，与写《粥记》的张文潜，同是苏东坡的好朋友。到了潮州，吴子野自然推荐苏轼食粥。

粥还有保健养生的作用。"今人终日食粥，不知其妙。迨病中食之，觉与脏腑相宜，迥非他物之所能及也。"这是清朝名医汪昂的论断，他认为粥是好东西，尤其对病人，是很好的食疗，对老人也是极好的食补。这是从养生的角度，对粥的又一种吃法。元人张安定"每晨起，食粥一大碗。空腹胃虚，谷气便作，所补不细。又极柔腻，与肠腑相得，最为饮食之良"，他活了一百零五岁，当地人为他建了眉寿坊，这在福建方志里有记载，《粥记》里也曾提到。

说到这里，不免于无疑处存疑了。

张安定老先生年寿一百零五岁，他对食粥如此看重，是找到了食粥长寿的不二法门，还是因为牙口不好，不得已食粥？到他这个年龄，应是"视茫茫，发苍苍，齿摇摇"了，即使有酒肉，也已经不能嚼动，又因为条件不许可，不能如晋惠帝说的天天食肉糜（肉粥）。张先生食粥，是不得已而为之，或者说歪打正着，粥反而使他强健延寿，并没有必然的灵验。

我认识一位老哥，牙口不好，到附近三甲医院牙科看牙。医生说，有几颗牙已经松动，必须拔掉，重新植牙。老哥问得多少钱？医生说：拔牙可用社保卡支付（公费），植牙得自费，每颗三万元。

一颗三万块，相当于一根 500 克金条！闻者愕然。

我于是想到张安定先生，他的牙齿如果没有下岗，可能不会从早到晚三餐食粥的。

现代社会，健康长寿者多，是社会进步、政治清明、经济发达的重要标志。古人楚丘老先生说，要他掷石，飞腾，追赶车马，踢球，那当然会吃不消，遑论年老。"如果让我出谋划策，介绍经验，拿个主意，我还可当个壮年，何老之有！"他是针对孟尝君"先生老矣，春秋高矣"的论调说的。

现在当然不必效法康熙乾隆办千叟宴（乾隆办一次千叟宴，65 岁以上老者七千人赴宴，可以想见其盛况）。但汉明帝的做法，却很值得一说：每年农历八月，他要搞一次全国人口普查，凡年纪已到 70 的老人，都授予玉杖，锦服，并给他们食糜粥。"八十九十，礼有加焉。"玉杖长九尺，"端以鸠鸟为饰。鸠者，不噎之鸟也。欲老人不噎。"（《后汉书·礼仪志》）我想，如果那时有牙科，先解决牙口问题，"不噎"的问题就从根本上解决，也不会只听到宴会上千叟喝粥的嚯嚯声。

道德重光，政策到位，鸠鸟故事就会成为历史。俗云：有意栽花花不发，无心插柳柳成荫。政策的因地制宜，因时制宜，才能渐趋佳境；左右其事，有时画虎不成反类犬。在敬老、养老、社会保障、医疗保障方面，汉明帝的启示，实在是值得深长思之的。

愿不噎之鸟飞入寻常百姓家。

原载 2019 年 6 月 20 日《解放日报·朝花》

《春秋》道名分

《易》以道阴阳，《春秋》以道名分。

以前，有点身份的人作古了，后人总要给他一个名分。生前地位显赫、名望很高的，皇帝还赐给他谥号，范仲淹、司马光谥号文正，都是非常高的名分。皇帝死了，臣下也要依其事迹，研究一个谥号，尽管后来这谥号往往名不副实。

至于活着的人，名分系于前程得失，亦非小事。鲁迅说，老祖宗一代接一代叩头、颂圣、纳粮，雷打不动，无非为了一个名分。"饿死事小，失节事大"，宁可杀身，也要全名，做一个安稳的奴才，比上山为匪的名分要好。即如《水浒》中的宋江，他可以通"匪"，但为了不担"匪"名，曾抵死不肯落草。

即使为"匪",也还是讲究名分的。水泊梁山忠义堂的交椅,坐的顺序便大有讲究。宋江当过官(押司),通官事,有文化,自然比草莽兄弟名分高,就有资格坐头把交椅。时迁虽本事不低,但不过是"贼",只高明在小偷小摸的手段,于是险险乎叨陪末座。

"三国"里面,韩信年轻,论名分是排不上号的,出身也很低贱,要过饭,受过淮阴子弟胯下之辱,萧何苦心孤诣荐才,刘邦连见都不愿见。他也不想想,自己过去也不过是小小的亭长啊。汉末刘璋手下的许靖,说来也没多大本事,但名气大,刘备入川,抢了刘璋的地盘,要笼络人,便给了许靖高位,在诸葛亮之上,实际上不过是个"花瓶"。许靖在刘璋将败前欲缒城而出投奔刘备,"为人谋而不忠","失节"之人,也因此多少被人瞧不起。

但现在来说"饿死事小,失节事大",好像有点时过境迁了。何况大家都奔如何发财,何至于饿死?并且"名"与"节"早已脱钩,有名分不一定有节,有节不一定有名分。"搞一个小乱子,就是伟人;编一本教科书,就是学者;造几条文坛消息,就是作家。于是比较自爱的人,一听到这些冠冕堂皇的名目就骇怕了，竭力逃避。逃名，其实是爱名的，逃的是这一团糟的名，不愿意酱在那里面。"（鲁迅《逃名》）此外，开个讲座，讲讲茴香豆"茴"字的几种写法，兼及颜柳米欧"茴"的运笔之法的"国学家"，发的财也是很不小的。

又因为名分的不同，话也就分三六九等。同样的话，出自不同人之口，效力自然也不同。有所谓专家、学者，便出于不同目的，发挥影响，在房地产、食品、医学……诸多领域建策放言。此外"世界末日"、"两极倒转"、"天体重叠"等高论，均非出诸齐东野语，而是"专家"之言。所以只看搽在脸上的脂粉（如高管、泰斗、大师、顶级教授、国宝级专家等等）是很不安全的，也要看看名分以外的东西，看看他的脊梁和血性。"博识家的话多浅，意义自明，惟专门家的话多悖的事，还得加一点申说。他们的悖，未必悖在讲述他们的专门，是悖在倚专家之名，来论他所专门以外的事。"（鲁迅《名人和名言》）

"易以道阴阳，春秋以道名分。"（《庄子·天下》）而名分是在不断地演变着的。内涵、色彩、价值……都与时俱进，不会一成不变。向往司马相如的赋名、李杜的诗名，现时的作法就有别于汉唐。皓首穷经，攻苦食淡，卧薪尝胆，牛衣泣别……多半是走不通的路。但就算走得通吧，名分这个东西，也是切不可执著的，一不留神，就"酱在里面"了。

原载《文汇报·笔会》

夜 窗 偶 寄

一

唐宋八大家（只有韩、柳是唐代人，其余六大家全是北宋人）也曾提倡古文，但他们提倡的古文，并非诘屈聱牙的骈文，而是明白晓畅、流利有文采的散文，是一种文化的进化，而非倒退，古文成为宋以后中国散文的主流。

据考所谓骈文，是古代一种特有的文言文文体，句子多以四字和六字为主，讲究排比和对偶，讲究声韵上的平仄，注重藻饰和用典。字数、词性和结构几乎完全相同，也称"骈体文"、"骈俪文"或"骈偶文"，因其常用四字、六字句，故也称"四六文"或"骈四俪六"。全篇以双句（俪句、偶句）为主，讲究对仗的工整和声律的铿锵。中国的散文从汉代到六朝，出现了"文"、"笔"的对立。所谓"文"，就是专尚辞藻华丽，受字句和声律约束的骈文。所谓"笔"，就是专以达意明快为主，不受字句和声律约束的散文。文笔分裂后，骈文就成为和散文相对举的一种文体。

韩愈的《杂说》，说理深刻，明白晓畅，文采飞扬，"世有伯乐，然后有千里马，千里马常有，而伯乐不常有。"

柳宗元的《捕蛇者说》"永州之野产异蛇：黑质而白章，触草木尽死；以啮人，无御之者。然得而腊之以为饵，可以已大风、挛踠、瘘疠，去死肌，杀三虫。其始太医以王命聚之，岁赋其二。募有能捕之者，当其租入。永之人争奔走焉。……"

欧阳修的《醉翁亭记》："……已而夕阳在山，人影散乱，太守归而宾客从也。树林阴翳，鸣声上下，游人去而禽鸟乐也。然而禽鸟知山林之乐，而不知人之乐；人知从太守游而乐，而不知太守之乐其乐也。醉能同其乐，醒能述以文者，太守也。太守谓谁？庐陵欧阳修也。"

　　三苏的诗文更是深得文魂，通晓明畅："簌簌衣巾落枣花，村南村北响缫车。牛衣古柳卖黄瓜。酒困路长惟欲睡，日高人渴漫思茶。敲门试问野人家。"（苏轼）

　　水调歌头·徐州中秋：

　　"离别一何久，七度过中秋。去年东武今夕，明月不胜愁。岂意彭城山下，同泛清河古汴，船上载凉州。鼓吹助清赏，鸿雁起汀洲。坐中客，翠羽帔，紫绮裘。素娥无赖，西去曾不为人留。今夜清尊对客，明夜孤帆水驿，依旧照离忧。但恐同王粲，相对永登楼。"（苏辙）

　　初发嘉州："家托舟航千里速，心期京国十年还。乌牛山下水如箭。忽失峨眉枕席间。"（苏洵）

　　他们的诗文，凝练，含蓄，形象，深邃，具有厚重感，音韵美，这就是唐宋八大家的古散文风格，远非《尚书》那种骈文、赋文的写作，词语、韵律的严格和学究，导致阅读的佶屈聱牙，理解的艰深，一扫文坛沉闷、古板的风气，开了一代清新的文风。

　　唐宋八大家的提倡古文运动，是文风的进步，而非复古倒退，与现代的复古倒退是完全不同的两码事。要透过现象看本质，透过那层外膜，看到事情的内核，亦即本质的东西。

社会和文化的发展史，有时是跳跃式，有时却是渐进式，要看是什么事物，具备什么条件，都不是很简单的事情。有时候被提倡的不一定是进步的，反对的不一定都是落后的，矛盾是转换的，不完全确定性的，还是那句老话，要看内核。

二

五四时期胡适等人提倡白话文，反对章士钊先生提倡复古。比唐宋八大家又进了一步。

章士钊办的杂志《甲寅》，发表了许多复古的言论，不但提倡古文，反对白话文，还提倡尊孔读经，主张中国应以发展农业为主，走农耕的道路，这就不仅仅是文化的复古，而是让历史回到上古时代。

胡适跟章士钊关系不错，做他的工作，劝他不要搞复古，那是条死路。但章士钊不听，自认未必是倒退。实际上，文化的进化是不可逆的。白话文是从古文蜕变发展而来，并非横空出世，经济、文化、商品交换的发展是孵化器，产生了后来的新文化。复古就是倒退——当时反对复古，激进的有鲁迅、刘半农、钱玄同等等。

但另一方面，胡适等人曾极力主张"废戏"，认为中国戏曲陈旧，是中国旧文化的产物，不符合新文化的潮流，在《新青年》等杂志上发声，提出废除中国戏曲。这场关于旧戏的争论，除周作人《论中国旧戏应废》、《人的文学》、郑振铎《光明运动的开始》等文涉及旧戏的思想内容外，其他论述主要是围绕戏曲艺术形态的特征及其美学原则展开的。

中国戏曲处在不断发展和完善的进行式过程。唐以前是它发展的初始阶段，宋以后，出现北戏、南戏，戏曲的艺术形式渐趋完善，有了唱做念打，有一定的程式，章程，所谓"清规戒律"就多起来。说到清规戒律，不是落后文化的表现，也并非中国戏曲的"特产"，外国戏剧，音乐、美术、雕塑等等艺术创作，也有其清规戒律。亚里士多德强调戏剧"三一律"，对艺人都有严格的要求，这跟中国戏曲的身段、台步都如出一辙，说明西剧也是有些严格的规律的，尽管不同于中国戏曲的程式。

胡适、傅斯年、钱玄同、刘半农、陈独秀诸人，提倡新文化、新文学，有不可磨灭的功绩，但作为传统文化组成部分的中国戏曲，并非"旧文化"、"没落的文化艺术"，当时引起不同的争论。

中国的农民所受到的文化教育是离不开戏曲的，老作家周立波先生说"乡下杀一头猪，都有上百人围观"，什么原因呢？"饱眼福"，没有热闹看，眼馋。"三天没有戏，道场都好看"，核心问题还是心理需求，精神需求。告子说：食色性也。色，就是视觉欲望，追求眼福，是人的本性，没有什么不对的。

戏曲必要的改良是重要的，不断地完善，有所发展，有所进步，事实上，三百多年来，尤其近一百多年，中国戏剧作为文化传统的一种，一直在不断地革新和发展，许多学者专家做了大量的钩沉和抉微。"元代的杂剧是中国古代文化遗产的精粹，无论就文学史而言，抑就戏剧史而言，都是受到全世界学术界普遍重视的。这一份遗产之所以能保存至今，元明两代戏曲家、出版家功不可没。"（蒋星煜《元人杂剧的选集与全集》）

"与此同时，对旧剧中不健康的成分，作了有效的剔除，《阳春奏》为明·黄正位编刻。前有《凡例》，说明选录标准首取'情思深远，词语精工，泪有关风教，神仙拯脱者'。可以说也是从艺术性和思想性两方面着眼的。涉及男女私情，或有较露骨之描写者如《菩萨蛮》、《鸳鸯被》等，则皆被认为'淫奔可厌'，故不入录。编刻者对元杂剧评价较高，认为'杂剧'之名不能登大雅之堂，有鉴于世人能欣赏者不多，一如《阳春白雪》之和者甚寡，故即名之曰《阳春奏》。"（同上）显然，中国戏剧的发展，是一个不断扬长避短的过程，相信这个过程将会永远延续下去。

鲁迅先生曾指出，看一点旧戏也并不至于就受它什么影响。如果看了《红楼梦》就以贾宝玉或林黛玉自居，那乃是糊涂虫，即使不看戏，也不会是什么明白人。假如现在的大街上，有人扛着锄头，恹恹地去葬花，或者有红脸长髯者挥舞青龙偃月刀奔走，绝不会被指为受了戏曲的影响，用鲁迅的话说，这是"发热昏"，不是戏曲的魔力。

中国戏曲的发展，是迂回的、渐进的、艰难

的，有时一波三折，到今天戏曲百花齐放，仍然
需要全社会的关注和扶持，艺术之花毕竟是娇嫩
的，东方文化更需要很好的生态环境。与西方戏
剧跳跃式发展相比，不是一个模式。

伯乐相马与驾车

"世有伯乐，然后有千里马。"（韩愈《马说》）。这话一箴千古，指出世有千里马，是因为先有伯乐，因为伯乐识马，能在马群中发现能致千里者。

传说伯乐本来是天上的星宿名，"传舍南河中五星曰造父，御官也。一曰司马，或曰伯乐。"（《晋书·天文志上》），属于二十八宿的危宿。"造父"本为人名，是古时驾马车的高手，传说以骏马献周穆王，被封赵城。

伯乐本名孙阳，春秋中期郜国（今山东省成武县）人，是给秦穆公驾车的车把式，因为驾车技术高超，避免了一次车祸，救了秦穆公，被秦穆公封为伯乐。自那时起，人们便以伯乐称呼孙阳。

春申君的门客汗明给春申君说了一个故事:有一次,伯乐遇到一匹老马拖着盐车上太行山,这匹老马年纪很大了,累倒在路旁,膝关节直不起来了,尾部皮肤磨烂,涎水洒在地上,白汗交流,爬到半山腰,再也上不去。伯乐见了,当时就将自己的风衣脱下,给老马盖上,并卸下它的辕辂,让它好好休息。这匹老马于是对着伯乐"俛而喷,仰而鸣,声达于天",场景十分感人!伯乐对马有特殊的感情,见状潸然泪下。

另一方面,伯乐对马的训练是十分严格的,他认为这是产生千里马的决定因素。庄子对伯乐的驯马,提出批评,认为这样严格的训练折腾,使马失去了它们的天性和自然习性。他哪知道,这种"烧之,剔之,刻之,雒之,连之以羁馽,编之以皂栈","饥之,渴之,驰之,骤之,整之,齐之,前有橛饰之患,而后有鞭筴之威",正是伯乐的一揽子培训计划,使马能吃苦耐劳,四蹄生风,快如流星,夜行千里。

我们一说到人才,就提到伯乐,其实当伯乐不易,一要懂行,二要懂"马"。不懂马,就不会识别好马,不懂马的习性;不懂行,就不是出色的车把式，见到"齿至"之马，累倒在太行山，就不会下车"攀而哭之"。

还是韩愈说得好：

> 策之不以其道，食之不能尽其材，鸣之而不能通其意，执策而临之，曰："天下无马！"呜呼！其真无马邪？其真不知马也！（《马说》）

天天说要发现人才，使用人才，不拘一格，甚至重金高位延揽，但作为"车把式"，先要懂行，不懂行，有了千里马也不懂得驾驭，到头来不过空有良好愿望而已。真正的千里马常有，关键是伯乐也得常有，伯乐不常有，虽有千里名马，也只能"祗辱于奴隶人之手，骈死于槽枥之间，不以千里称也。"

另一方面，天天跟马打交道，却不知马的习性，不懂得喂养，"食马者不知其能千里而食也。是马也，虽有千里之能，食不饱，力不足，才美不外见，且欲与常马等不可得，安求其能千里也？"看来，还是"伯乐不常有"的问题。

原载 2014 年 8 月 28 日《新民晚报 夜光杯》

赵简子的"瓜豆"

说到用人，历史的经验和典范，可谓多多。春秋时期的赵简子，在用人上很有一套。

举例：春秋时，阳虎在鲁国做官，提拔了很多的人才，宫廷之士、朝廷官员……有一半几乎都是他提拔的。后来他因"乱鲁"获罪，"逐于鲁，疑于齐，走而赵"，累累若丧家之犬，却没有一人来报恩相助，感到很伤心。

一天，他遇到赵简子，赵简子请他喝酒，几杯下肚，阳虎失声痛哭，感慨万分地说：我以后再也不轻易树人了！培养提拔那么多人，到如今他们跟我形同陌路，追捕我，要杀我，没想到竟落得如此结局啊！说得一把眼泪一把鼻涕。

赵简子一听，就说："哎呀，足下这么说可

就错了，古人说，贤者知恩图报，不肖者不能也。春育桃李，夏天可以在树下乘凉，秋天可以吃树上的果子。如果春栽蒺藜，夏不可采其叶，秋只能得其刺啊！足下所树，非其人也。"意即你想吃果子，当初就要看看是栽的果树还是蒺藜，"种瓜得瓜，种豆得豆"，要"择而树之"，不要等到现在来后悔啊！现在"树而怨之"，应该埋怨的是您自己啊！（《韩非子·外储说左下》）

这个"种瓜得瓜"，是赵简子原始的人才学，浅显易懂，认为阳虎用人失策，仍然是以个人的好恶看问题。

还有一例：有个叫杨因的人很远从鲁国赶来求见，赵简子正在吃饭，立即放下饭碗出迎。杨因说："我在家乡三次被赶出来，后来跟君主办事，又五次被辞退，听说您喜欢人才，特来拜见。"左右谋士听杨因这么一说，就低声提醒赵简子："居乡三次被赶出来，是不容众；事君五去，是不忠上，这位先生已经有八次不良记录了。"赵简子说："你们有所不知，往往有这样的情况：女人长得很美，必然遭丑妇嫉妒；有大德的人才，乱世必然孤立；有正直之心的人，邪恶势力必然憎恨。"这番话也是就事论事，说明人才也有"背时"的时候，难得有"春风得意马蹄疾，一日看尽长安花"的运气。杨因打了这个谁都能听懂的比方，也可以说是力排众议，支持人才另找出路。

这赵简子是"赵氏孤儿"赵武的孙子，他在任晋昭公的大夫时，致力于改革，为后世李悝变法、商鞅变法首开先河，并积极推动郡县制社会改革，对春秋战国的历史发展，起了推波助澜的作用，眼光远大，是个了不得的人才。但在使用人才的问题上，他还是没有跳出个人的好恶，亦即"种瓜得瓜，种豆得豆"。

所谓春秋无义战，争夺的不光是土地、财富，还有人。"有国者不可学'春秋'。生而尊者，骄；生而富者，傲；生而富贵者，又无鉴而自得者，鲜矣！……'春秋'之中，弑君三十六，亡国五十二，诸侯奔走，不得保其社稷者甚众"（《说苑疏证》）。

春秋历史是一部家族史，世道很乱，当时的人才，除了为"尊者"、"富者"所用，是没有其他出路的。赵简子的所谓"种瓜得瓜"，就是告诫阳虎，虽然并不赞成阳虎个人入账，——这是最根本的失误，但无论"蒺藜"还是"桃李"，实际上都不是属于你的，抱怨是枉然的，因为你自己也不过是公孙氏家族的一棵"树"，你敢说你自己是"桃李"还是"蒺藜"吗？阳虎虽因投靠季孙氏，掌握了兵权，用了不少人，他就不想想，这些人才，毕竟是端的季孙氏的饭碗，当阳虎谋反败露，与季孙氏分道扬镳时，这些人一下子变成阳虎的"蒺藜"，这个道理，难道还不明白吗？

戏剧性变化发生了。赵简子把这两个人都收留了，并且委以重任。这才是他的用心，把这两棵"树"栽在自己的地里。将来结什么果子，他不会像阳虎那样马大哈。

"种瓜得瓜，种豆得豆"，这是封建时代的人才学，敢用阳虎和杨因以及其他有"不良记录"的人才，目的是图自己的霸业，由此可以闻到当年人才争夺的硝烟味儿。

"穿井得一人"

上网，读微信，低头族日子闲不了，坐地铁，公交，满车厢的人，像佛陀，低着头，虔诚得很。

但时间一久，有得也有失，常想起《吕氏春秋》书成之时，吕不韦在城门口悬赏，凡能挑出毛病者，一字奖千金。

而这部书里的《察传》，就是讲纠错的故事，值得一读。

书里说："宋之丁氏，家无井而出溉汲，常一人居外。及其家穿井，告人曰：'吾家穿井得一人。'有闻而传之者，曰：'丁氏穿井得一人。'国人道之，闻之于宋君。宋君令人问之于丁氏，丁氏对曰：'得一人之使，非得一人于井中也。'

求闻之若此,不若无闻也。"

丁氏家无井,用水不方便,找了一个打井的人("吾家穿井得一人"),这么一句话,传得纷纷扬扬,都道"丁氏家掘井掘出一个人来了"。宋君听说以后,就派人调查研究,找到当事人丁氏,结果证实完全是不实传闻。

书里还讲了一个例子:"子夏之晋,过卫,有读史记者曰:'晋师三豕涉河。'子夏曰:'非也,是己亥也。夫己与三相近,豕与亥相似。至于晋而问之,则曰:'晋师己亥涉河也。'"

子夏(孔子的弟子)到晋国去,遇到一个晋国人在读史书:"晋师三豕涉河。"子夏就说:"您读错了,不是三豕,而是己亥;你看,'己'与'三'相近,'豕'与'亥'相似。"晋人问该怎样读才对呢?子夏回答:"晋师己亥涉河也。"

"己亥"是时辰,"三豕"是说三头猪,差得太远。

吕不韦因此提出"闻而审,则为福矣;闻而不审,不若不闻矣。"做到"闻而审",就可以发现所谓"闻",有时并未接触事物的本质,也就是现在所说的"假新闻"、"无厘头"。

现在,信息传播形式很多,速度加快,许多

信息来源广,"闻而审"就显得更为重要。

有的信息,人言人殊,乍看挺吸引人,但细审却缺乏事实依据,违反客观规律和人文的情理,如"穿井得一人"、"晋师三豕涉河"这样的错误,实在不少。

比如从网上读到一篇论文,把"小学"说成"朴学":"但恰好在近几十年来被两代史学工作者中的绝大多数人弃而不顾的'小学'——即考据、版本、校勘、辨伪这些基本功夫打好",这里先不说这句话的语病,单看所指的"小学",在汉代是指文字学,魏晋之后,音韵学亦编入小学,唐以后,训诂学亦列入小学,此后小学便成为文字学、音韵学、训诂学的总称,为后世所沿用。作者未加详审,误指小学为乾嘉学派的朴学,因为乾嘉学派的"朴学"正是搞辨伪、考据的。

新闻传播方面,此类问题也有。某小区有人坠楼而亡,记者到现场采访,报道说:"坠楼者落地后宣告不治",既然"不治",想必坠楼者已不能"宣告","宣告"在这里是不是要"审"一下呢?

台风韦帕其实是午夜十二时在海南岛登陆,

但在某电视台新闻报道却说是"凌晨时分"。把午夜12点称为"凌晨",成了"半夜鸡叫"了。

什么叫凌晨?接近天亮的时候,也就是拂晓之前,天光之前,接近这个时分就叫凌晨,一般是指四点到六点。拂晓之前,有午夜、子夜,古有"三更灯火五更鸡"之谓,戏曲里唱的"听谯楼三更鼓夜深人静",就是夜半时分。李后主的"罗衾不耐五更寒",五更即是拂晓时分,也就是凌晨,快要天亮的时候,寒气很重,所以说"五更寒"。不能一过十二点就叫凌晨,正如不能一过了下午一点就叫傍晚一样。这与"三豕涉河"是同类错误。

"闻而不审,不若不闻矣",很值得现在搞信息传播和做学问的人们参考,不人云亦云,道听途说。传播学认为要注重"四力"(脚力、眼力、脑力、笔力),五要素(何时、何地、何人、何事、何因)这四力五要素,做得好都有一定难度,陆游的诗可以引为圭臬:"古人学问无遗力,少壮工夫老始成。纸上得来终觉浅,绝知此事要躬行。"无论写新闻还是搞学术研究,都是要下功夫实践的。

道听途说,小道消息,纷繁花哨,那是外行

看热闹，糊里糊涂，跟着瞎捧场，当"粉丝"，做了迷途羔羊不自知。还是要实事求是地"闻而审"好，否则就是"只眼须凭自主张，纷纷艺苑漫雌黄。矮人看戏何曾见，都是随人说短长。"（赵翼《论诗诗》）

《吕氏春秋·察传》还说："辞多类非而是，多类是而非。是非之经，不可不分，此圣人之所慎也。然则何以慎？缘物之情及人之情，以为所闻，则得之矣。"只有通过"审"（学习，研究，考证）才能找到事情的真实的含义，即根据事物的规律和人们生活的常理，加以研究思考，才能辨明"闻"的真伪，不能捡到篮子里就是菜。

图书在版编目（CIP）数据

三百零五个好"蛋"/刘克定著.
--上海:上海三联书店,2020.
ISBN 978-7-5426-7027-4
Ⅰ.①三… Ⅱ.①刘… Ⅲ.①随笔—作品集—
中国—当代 Ⅳ.①I267.1
中国版本图书馆 CIP 数据核字(2020)第 063741 号

三百零五个好"蛋"

著　　者　刘克定

责任编辑　钱震华
装帧设计　陈益平

出版发行　上海三联书店
　　　　　(200030)中国上海市漕溪北路 331 号
印　　刷　上海昌鑫龙印务有限公司

版　　次　2020 年 3 月第 1 版
印　　次　2020 年 3 月第 1 次印刷
开　　本　787×1092　1/32
字　　数　120 千字
印　　张　7.25
书　　号　ISBN 978-7-5426-7027-4/I·1627
定　　价　48.00 元